결혼진술서

결혼진술서 나를 바로 세우는 이별의 기술

초판 1쇄 인쇄 2023년 1월 16일
초판 1쇄 발행 2023년 1월 25일

지 은 이 김 원
펴 낸 이 정해종
편   집 김지환

펴낸곳 ㈜파람북
출판등록 2018년 4월 30일 제2018-000126호
주소 서울특별시 마포구 토정로 222 한국출판콘텐츠센터 303호
전자우편 info@parambook.co.kr **인스타그램** @param.book
페이스북 www.facebook.com/parambook
네이버 포스트 m.post.naver.com/parambook
대표전화 (편집) 02-2038-2633 (마케팅) 070-4353-0561

ISBN 979-11-92265-96-4   03810

나를

바로 세우는

이별의 기술

결혼진술서

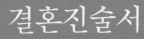

김 원 지음

파람북

힘든 고비를 잘 넘어오게 해주신 아버지께 바칩니다.

이따금 누군가 묻는다.

- 왜 이혼하셨어요?

- 글쎄요. 결혼했으니까 이혼도 할 수 있었겠죠?

결혼생활 중일 때는 의외로 "왜 결혼했어요?"란 질문은 거의 듣지 못했다. 어떻게 만났느냐거나 어떻게 결혼했냐는 식이었다. 정작 왜 결혼했는지 이유를 진지하게 따져본 건 이혼을 결심한 후였다. 질문의 번지수가 묘하게 자리바꿈돼 있다는 느낌이 지금 머리글을 쓰면서 비로소 든다.

'어떻게'가 중요해지는 것은 헤어질 때고, '왜'가 중요한 것은 결혼할 때다. 결혼과 이혼을 거쳤을 뿐 아니라, 모든 글을 다 쓰고 맨 마지막에서야 이 잘못된 용례가 보인다. 익숙하나 본질을 피해 가는 관용적 표현이다. 질문을 바로 해야 과정이 풀려나가는 법이다.

왜 결혼했는가?

어떻게 이혼이라는 헤어짐의 절차를 끌고나갈 셈인가?

결혼진술서는 이 두 질문을 바탕으로 작성하는 글이다. 결혼은 우리 삶에서 중요한 통과의례다. 인류지대사에 얽힌 복잡다단함에 관해 용기를 갖고 직면하려는 태도가 어느 시대보다 절실한 지금이다. 그러려면 익숙함에 파묻혔던 자신부터 바로잡아야 한다.

이혼을 장려하거나 결혼의 부정적인 면을 들추려는 게 아니라, 결혼을 앞둔 사람들에게 더 폭넓은 시각을 전하고 싶은 마음으로 썼다. 어디에서도 들어보지 못한 이야기일 수도 있으나, 역설적으로 그래서 결혼에 관한 좋은 길잡이가 될 거라고 여긴다. 오늘날 한국 여성들이 처한 삶의 딜레마에 대해 좀 더 생각해보고 싶은 분이라면 충분히 공감하실 것이다.

여기 실린 이야기도 내 기억의 소산이라 불명확하거나 편파적일 수 있다. 그럼에도 이 불편한 이야기를 꺼내는 것은 결혼과 이혼 사이 어디쯤에서 잠 못 이루고 고민하며 남몰래 애태우는 이가 여전히 많음을 알기 때문이다. 이 책은 나의 처절한 반성문이다. 내가 다 잘했다거나 옳았다는 게 아니라, 어디까지나 내 주관적 입장을 서술한 것에 불과하니 부디 너그러이 읽어주시기 바란다.

차례

당신의 기구함은 돈이 될 수 있을까?

아마도 재판이혼을 앞둔 마음 상태를 몸으로 치환하자면, 모든 관절이 마디마디 다 부러져 온몸에 깁스한 채 누워 있는 것과 매한가지일 것이다. 손가락이 부러졌으니 글쓰기는 불가능하다. 턱뼈도 금이 갔고 얼굴에도 붕대를 칭칭 감고 있어 말도 할 수 없다고 치자. 마음이 이처럼 만신창이인데 무슨 합리적 사고란 말인가. 통증으로 단 1초도 맨 정신을 찾을 수 없고 잠 한숨 못 이룰 지경이다. 그런데 이 고통 한가운데서 당신이 여태껏 써본 적 없는 가장 논리적이고 이성적인 글을 써야 한다! 말도 안 되지만 해내야 한다. 결혼진술서를 써야 하는 실제상황은 이처럼 막막하기만 하다.

컨디션만 괜찮아도 자기소개서 쓰듯이 쓸 수 있으련만, 모든 상황이 그야말로 최악 중 최악이라는 게 난점이다. 인생 최대 고비에서 주어지는 어려운 과제다. 다만 한 가지 희망이 있기는 하다. 시간이 걸리겠지만 뼈는 붙을 테고 깁스는 풀게 될 것이며, 웃으며 옛날을 떠올릴 날도 오기는 온다. 단 그러기 위해서는 재판을 해서라도 결과를 얻어내야 하며, 무엇보다 먼저 결혼진술서를 작성해야 한다.

　모든 자기소개서는 사실상 주관적이다. 나라는 1인칭 화자의 평면적 서술이며 단점보다는 장점을 피력하는 자기 홍보에 가깝다. 용도는 주로 진학용이거나 취업용이다. 어쩌면 결혼진술서라는 글은, 누구에게나 태어나 처음 요구받는 객관적 자기소개서일 것이다. 타당성을 갖춰야 하는 것은 물론 곧 검증받을 내용이기에 꾸미거나 둘러댈 수 없다. 게다가 사생활을 소상히 재구성해내야 한다. 그것도 자신과 상대가 '우리'라는 이름으로 묶여 경계도 불분명한 채 잘못한 점과 판단에 실수가 있었던 점을 파악해가며 드러내야 한다. 따라서 세상에서 가장 불편한 장르라고 해도 과언이 아니다.

결혼진술서 없이는 이혼도 못 한다

이혼을 피할 수 없다고 느꼈던 순간이 지금도 기억에 또렷하다. 더는 나아지지 않으리라는 판단은 의외로 덤덤하게 받아들여졌다. 문제는 '어떻게?'였다. 어떻게 솟아날 구멍을 찾아낼 것인가?

방법이 있다고는 해도 산 너머 산이다. 호랑이를 피해 깎아지른 낭떠러지로 온 것 같은 낭패감만 들기도 했다. 그러나 피한다고 해도 언제고 걸핏하면 반복될 일임이 직감됐다. 진짜 문제를 회피한 채 사소한 트집으로 싸워댈 소모전이자 대리전이었다. 막내가 성년이 될 때까지 가망 없는 싸움을 반복할 생각에 절망감만 들었다. 남은 게 오직 방어뿐이라면, 희망이 느껴질 리 만무하다.

재판이혼 과정이 아무리 길고 복잡하다 해도 일단 자세히 알아봐야 했다. 내게 불리한지 유리한지 그것이라도 알고 싶었다. 용기백배하여 덜덜 떨면서 변호사 사무실을 처음 방문하던 순간 들었던 말은 충격이었다.

"결혼진술서 써오세요."

결혼진술서? 그게 뭔데요? 난생처음 듣는 단어였다.

생경하다 못해 공포스러웠다. 그게 있어야 비로소 절차가 진행된다는 것이다. 예시문이라도 보여 달라고 했더니 사무실에 비치된 한 장짜리 코팅된 종이를 보여주는데, 도저히 참고할 수 없었다. 1970년대식 서사 같은 아주 답답한 글이었고, 나의 심정이나

결혼진술서

상황과는 조금도 비슷한 데가 없었다. 정말 눈앞이 캄캄했다.

무려 두 달 동안 고민하면서 썼다. 그렇게 오래 걸릴 줄 몰랐지만, 지나고 보니 그것도 제법 빨리 쓴 셈이다. 매일 공공도서관에 가서 조금씩 작성했다. 시험공부를 하듯 최대한 집중해서 쓰기 위한 고육지책이었다. 다른 어떤 곳에서도 써질 것 같지 않았다. 아마 이 예상은 틀리지 않았으리라. 번호를 붙여가며 에피소드 위주로 되는 대로 쓰다 보니 백 가지가 넘는 '살기 싫은 이유'가 작성됐다. 적고 보니 중언부언도 많았다. 줄이고 다시 고쳐 써가며 결혼진술서를 작성했다. 변호사는 의뢰인인 내 심경에 충분히 공감하고 상황도 알겠으나, 읽기 좋게 30매 정도로 다듬을 것을 요청했다. 다시 도서관에 앉아 며칠간 축약작업을 했다.

무작정 더듬더듬 써 내려간 그 글을 바탕으로 변호사는 변론을 쓰고 재판이 이어졌다. 나는 내 법률 대리인이 쓴 공식문서 안에 내가 쓴 글이 어떻게 어떤 방식으로 배치돼 있는지 보게 되었다. 변론이든 반박문이든 1차적으로는 반드시 소송 당사자가 검토하고 작성해야 한다. 본인이 아니고서야 진위 여부를 누가 알겠는가. 변호사의 임무는 당사자가 쓴 글을 법리적 구성과 법률 용어로 전환하는 것이다. 변호사에게 의뢰인의 결혼진술서는 변론을 쓰게 할 유일한 자료다. 나는 그 문서에 내 목이 걸려 있다고 여기면서 썼고, 실제로 솟아날 구멍이 되어주었다.

참고할 예문이 없었기에 더 열심히 썼는지는 모르겠으나, 지금 검색창에 쳐봐도 생소한 단어 취급받는 것은 놀랍다. 이혼을 고민 중인 누군가가 문서 작성에 도움받을 곳은 여전히 없다는 뜻이기도 하다.

이제 일기 말고 결혼진술서를 쓰자

결혼진술서는 두 사람이 어떻게 만났고 어떻게 갈등이 시작됐으며 어쩌다 파탄에 이르게 됐는지를 제3자도 일목요연하게 알아보도록 써야 하는 일종의 '설명문'이다. 또한 결혼 실패를 자인(自認)하며, 둘은 해결 못할 혼인관계 해소를 법의 이름으로 판가름 내달라고 요청하는 문서다. 그처럼 목적이 분명한 글이다. 많은 이가 정작 이 글을 써야 할 시점에서는 되도록 피하려고 한다. 용례를 찾기도 어렵다. 아마 우리나라에서 공개된 관련 문서는 1934년 나혜석의 '이혼 고백장'이 유일한지도 모르겠다.

다들 알다시피 우리나라는 세계에서 가장 이혼하기 어려운 나라다. 변호사들이 공히 입을 모으는 바다. 법률혼을 해소할 때 유책주의를 근간으로 하기 때문이다. 하지만 두 사람 모두 이혼에 동의한다면, 실제 과정에서는 파탄주의에 따르는 추세다. 최근 대법원에서 의미 있는 결정이 나오기도 했다. 이제 유책 배우자도 이혼을 청구할 수 있는 권한이 생겼다. 결혼이 이미 파탄에 이르렀다는 불행감이 먼저고, '유책' 사유는 파탄 이후의 결과로 보는 상식적 판단에 근거한 것이다. 파탄주의는 혼인관계가 사실상 회복할 수 없을 만큼 파탄났다면, 어느 배우자에게도 책임을 묻지 않고 이혼을 허용하는 제도다.

이혼 이후 삶의 재건을 위해서도, 결혼진술서 작성은 큰 힘이된다. 자기 결혼의 전모를 훤히 들여다본다는 점은 인생 전환기에 용기를 주는 진정한 자산이다. 실패는 실패고, 문서 작성은 문서 작성이다. 당사자는 이런 기초적인 준비 작업에 대한 정보라도 알고 대비했으면 한다.

독하게 마음을 다잡고 써야 한다. 변호사를 내 논리로 설득할수 있어야 판사도 설득할 수 있다. 비록 배우자와 대화로 협상하는 데 실패했고, 그래서 재판이혼이라는 최후의 수단을 택했을지라도, 이 문서를 작성할 힘이 있다면 당신은 스스로를 구할 수 있다. 결혼진술서는 나를 지키기 위한 글이다.

글 쓰는 사람으로서 결혼진술서를 쓰는 일보다 고통스러운 글쓰기는 없었다. 하지만 내 사생활을 진술해서라도 당장의 진창에서 벗어나야 했다. 나도 한때는 세상 모두 이혼해도 나만은 아닐 거라고 호언장담했던 사람이다. 당시 너무나 막막했던 나에게 이런 참고자료라도 있었으면, 정말 힘이 되었을 것이라고 상상하며 이 책을 썼다.

이럴 수도 저럴 수도 없는 당신에게

이혼이 자랑거리는 아니지만, 재판 당시 나는 내가 꽤 자랑스러웠다. 그때껏 느껴보지 못한 종류의 자긍심이었다. 이제야 털어놓는 본심이다. 결혼진술서를 A4용지로 80여 매나 작성하고 대비했던 나로서는, 상대방은 물론 나 자신에 대해 그리고 내 결혼의 현재 모습에 대해 심사숙고를 수없이 했다. 과거와 현재는 비록 일그러지고 오류 투성이일지라도, 미래는 재정비해 잘살아내고 싶었다. 그러니까 당시 나는 내가 쓴 글로 나를 구하는 중이었다. 실로 어마어마한 체험이었다. 내 손끝에 나의 모든 미래가 달린 듯한 압박감을 거름 삼자니, 심지가 단단해지지 않을 도리가 없었다. 최소한 더 나빠지지는 않게끔 나와 주변을 위해 되새길

것은 그저 '더 나은 다음'뿐이었다.

이혼은 수많은 이가 통과하는 삶의 절차 중 하나임에도, 일종의 과정으로 다뤄지기보다는 '인생 망했다'는 파국의 대명사로 취급당하기 일쑤다. 결혼은 당사자 둘만의 아주 사적인 생활일 것 같지만, 실상 이혼 승인은 '국가의 일'이기 때문에 빚어지는 충돌이다. 이혼은 전적으로 제도의 문제다. 법적으로 인정된 혼인관계를 해소하려면 마찬가지로 법적 승인이 뒤따라야 한다. 법률혼은 그런 것이다. 사랑해서 결혼한다는 건 성립하지만, 싫어져서 이혼한다는 것은 '이혼사유'로 받아들여지기 쉽지 않다. 해소 절차는 대단히 복잡하다. 그 복잡한 과정을 어렵사리 통과한들 솔직히 '원상복구'와는 거리가 멀다. 특히 자녀가 있는 경우 풍파에 맞설 각오를 해야 한다.

힘들었고 온통 해야 할 일들로 버거운 일상이었다. 하지만 이혼을 못 하고 갈등으로 뒤범벅된 채 살아야 하는 것보다는 낫다고, 수시로 마음을 다독였다.

이혼예능에서라도 간절히 답을 찾고 싶을 당신에게

헤어질 방법이 재판밖에 없을 경우, 변호사를 만나러 가야 한다는 건 누구나 아는 상식이다. 그러나 변호사 면담의 1차 관문이 결혼진술서 작성이라는 사실은 대부분 금시초문일 것이다. 문제는 이 문서의 필요성을 알게 되는 상황이 몹시 역설적이라는 데 있다. 가장 미쳐버릴 것 같을 때 가장 이성적인 글을 써야 한다. 어떤 심리 상태이건 논리정연하게 6하원칙에 따라 작성되어야만, 변호사가 읽고 법리적으로 변론을 구성할 수 있다.

그간 나의 '기구한 사연'을 털어놓으면 주변 지인은 위로와 공감을 해줬겠지만, 법정은 다르다. 기구함 중에서도 재판에서 돈이 될 수 있는 게 있고 없는 게 있다. 변호사는 재산분할이 합리적인 선에서 결정되도록 도와줄 사람이지, 당신의 상처를 치유해줄 상담자가 아니다. 자신의 사연을 객관적으로 돌아보고 편집할 줄 알아야 한다. 도움이 될 사안에만 집중해야 한다.

요즘 이른바 이혼예능이 대세라고 한다. 시청자의 관심은 그야말로 폭발적이라 웬만한 드라마보다 더 화제를 몰고 다닌다. 이혼이 '다큐'가 아닌 '예능'이 되었다는 점에 대해, 이혼은 이제 많은 이에게 실제로 닥친 삶의 문제라는 점을 실감하게 한다.

당시에 그런 프로그램이 없어서 못 봤을 뿐, 있었다면 나도 눈 빠지게 보고 또 봤을 것이다. 거기서라도 어떤 실마리나마 간절히 찾고 싶었을 것이다. 그 간절함을 근본적인 문제해결 방식에 쏟아야 한다는 것은 시청자들 또한 이미 잘 안다. 다만 행동에 나서기가 그만큼 어려울 뿐이다.

삶이 가장 꼬이고 복잡해지는 과정을 꼽으라면 이혼 후의 섣부른 재결합이 아닐까 싶은데, 본질적 문제는 전혀 해결되지 않은 채로 미련이 남아 재결합하는 경우일 듯하다. 이혼예능의 현재 구도는 헤어진 부부 또는 헤어질 위기의 부부 사이의 '애틋함'을 화면으로 보여줘야 하는 방식이다. 시청자는 보는 동안 얼결에 저 둘이 재결합을 할 것인지 말 것인지에 관심을 두게 된다. 마치 연애하던 남녀가 헤어졌을 때처럼 감정의 문제로 집약해 단순화할 수밖에 없다. 시청자의 관심을 받으려면 양자택일 구도가 가장 효율적이기 때문이다. 프로그램이 몰입을 유도하더라도 다음 사항만 유의하면 된다.

첫째, 타협은 짧고 책임은 길다. 좋은 건 순간이고 책임은 무한대다. 게다가 그 좋음도 괴로움도 이미 겪어봐서 '아는 맛'이다.

둘째, 이혼예능 출연자들은 결혼에 대한 꿈도 기대도 많았던 분들이 아닐까 싶다. 서로 일치된 것은 아닐지라도 본인만의 꿈은 있었으리라. 냉정하게 드는 질문이다. 그 꿈 중 이전 결혼생활에서 이룬 게 있었다면 저렇게 사연이 복잡해졌을까?

따라서 꽤 달콤한 장면이 나온다 쳐도 '멜로'라기보다는 카메라 앞에서 유난히 농축된 감정 같다. 미련이나 회한이 뒤섞여 당사자에게도 혼란스러운 순간을 카메라는 절대 놓치지 않는다. 그럼에도 본인에게조차 일상은 아닌 스쳐 지나갈 찰나의 감정이다.

셋째, 평범하고 따뜻한 관계가 제일 다정한 부부다. 그게 가장 어렵다. 어떤 고도의 연출로도 꾸며낼 수 없다.

넷째, 시청 중에 출연자나 전문가 패널한테서 '듣고 싶은 말'을 들었다 치자. 일견 안심이 되기도 한다. 생각을 정리하지 않아도, 행동에 옮기지 않아도 될 것 같은 안도감을 느낄 수도 있다. 혹시 내 문제도 저절로 스르르 풀릴지 모른다는 기대감도 생긴다. 자고 일어나 다음 날 아침에도 여전히 유효할지는 당신이 제일 잘 알 것이다. 내가 어떤 부분에 감정이입을 했는지 분석해 반면교사로 삼는다면 약이 될 수 있다.

결혼진술서

글로써 내가 나를 구하는 경험

내 결혼은 얼핏 부족함이 없어 보이고 주위에서 다 부러워하는데 정작 나는 바람 빠진 풍선 같은 기분에 불안할 때도 '결혼진술서'를 작성해보면 좋겠다. 글로 적어야만 보이는 것들이 있다. 소제목을 붙여보기만 해도 이미 절반은 구성된 셈이다. 목록만으로도 고민이 짚이기도 하니 글쓰기의 힘을 믿어보시라. 쓴다고 뭐가 달라지겠냐 싶겠지만, 쓴다고 특별히 잃을 것도 없지 않은가? 그러니 1시간만 투자해 목록이라도 적어보기를 권한다.

만약 글을 썼다가는 뭔가 큰일이 닥칠까 두렵다면, 그 두려움이야말로 스스로 자신에게 보내는 중요한 신호다. 이미 벌어진 일이다. 정신을 차리고 수습해야 할 막중한 시기라는 뜻이다.

이 신호를 무시하는 데만도 이미 엄청난 노력이 들어가는 중일 터다. 진작부터 넘치려는 이 둑을 온 힘을 다해 막느라 진이 빠질 대로 빠진 것이, 당신이 가끔 무기력해지는 원인일지 모른다. 주변에서 무슨 일인가 벌어지는데 그것을 애써 못 본 척 외면하려면, 가히 초인적인 에너지가 투입되기 마련이다. 흔한 말로 밑 빠진 독이다.

에너지를 새지 않게 보존하는 방향으로 오롯이 쏟는 경험을 해보면 단박에 알아챌 것이다. 더는 유지하기 힘든 수준의 결혼 생활을 이어가는 일은, 흐름을 거스르는 정도의 역경이다. 당신이 온몸을 사른다고 해도, 안 될 일은 안 된다.

하지만 그 에너지로 자기 자신을 변화시키고자 힘쓴다면, 조금씩이나마 서서히 기운이 차오르는 게 느껴질 것이다. 살림꾼인 당신이 왜 살리는 일이 아닌 자신의 일부를 죽이면서까지 이 생명력 잃은 관계를 이어가야 한단 말인가?

자신이 겪었던 모든 일을 한 가지도 가벼이 여기지 말고 허투루 흘리지 말고, 일단 한데 다 모아서 목록별로 추려보자. 일기와 진술서는 매우 중요한 증거자료다. 방 정리와 집 정리, 가계부 정리의 달인인 당신이 이 정리를 못 해낼 리 없다. '살림살이 목록'에서 빼놓고 살았던 나 자신부터 챙기자. 나를 살리기 위한 진정한 살림은 나만이 해낼 수 있다.

다시 침착해지자. 밑 빠진 독에 물 붓기는 그만큼 했으면 됐다. 결과를 만들어내는 사람으로 삶의 태세를 전환하려는 기로에 선 당신을 응원한다.

1

우린 다른 이야기를 쓴 거야. 그뿐이야

거리 두기로 자기를 바라보기

"

우리는 삶이 와르르 무너졌을 때,
비로소 지난 시간을 돌아보며 묻는다.
대체 어디서부터 잘못된 것일까?
그간 거짓에 갇혀 살아왔다는
비탄에 빠지기도 한다.
일부는 맞고 일부는 과장이지만,
자기 자신부터 속여넘긴 것은 사실이다.

"

나혜석의 이혼 고백장

조선 천지에서 제일 유명했던 여인. 최초의 서양화가라는 면류관도 세상의 돌팔매도 동시에 받은 여인. 가장 화려한 삶을 살다가 급속도로 추락했고, 존재 자체만으로 찬탄과 질시와 혐오와 저주 그 모든 것의 수렴처가 되었던 여인. 나혜석.

나혜석은 1934년 잡지 《삼천리》에 '이혼 고백장'과 '이혼 고백서'를 8월과 9월에 걸쳐 기고한 바 있다. 목적은 자신의 하소연이나 신세한탄이 아니었다. 집필 이유는 분명했다. 이혼조건과 절차를 지키라는 것이었다. 그리고 재산분할 및 네 명의 자녀에 대한 양육권과 면접교섭권 요구였다. 전 남편은 법을 공부한 변호사 출신이었으나, 법을 지키지 않았다. 원치 않는 이혼을 막기 위해 2년간의 유예 기간을 두고 재혼하지 않는다는 조건으로 그녀가 마지못해 도장을 찍어준 이른바 서약서가, 곧장 이혼서류로 변칙 사용되었다. 그래서 헤어진 지 4년이나 지난 1934년에 약조를 지키라는 내용의 공개서한을 썼다.

여기서 하필 나혜석을 거론하는 이유는 하나다. 변호사로부터 결혼진술서를 써오라는 얘기를 듣고 고민하면서 '전례(前例)'를 찾아 참고하고 싶었지만, 거의 100여 년 전 사람인 나혜석의 글 외에는 보기 드물었다. 출판된 결혼진술서는 오직 나혜석의 이혼고백장뿐인가? 1934년 이후로도 작성되고 재판에 사용됐을 문서들은 수두룩하련만 마치 은폐되다시피 가려져 있는 모양새였다.

마음을 가라앉히고 내 결혼의 원점(原點)이 어디였는지 생각했다. 이혼을 결심할 때는 먼저 이혼사유부터 따지곤 한다. 이혼사유에 집착하면서 대개는 상대방의 유책 여부를 증명하려고 별의별 수단을 다 쓴다. 상대방의 잘못을 구체적으로 밝힐 수만 있다면, 이혼판결이 절로 나에게 유리하게 진행될 것처럼 여기기도 한다. 실제로 그런 착시 현상이 벌어지고 거기에 미친 듯이 매달리기도 한다.

그러나 우리나라의 이혼은 유책주의에서 점차 파탄주의로 가고 있다. 이미 파탄이 났으므로 둘은 헤어지되, 자녀는 성년이 될 때까지 잘 돌볼 의무가 있다. 가정에서 벌어진 잘잘못을 법의 영역으로 가져와 단죄하기도 매우 곤란할뿐더러, 마음에 상처 입힌 가해를 형량으로 매길 수도 없다. 아무리 상대가 괘씸해도 냉정해

저야 한다. 감정 다툼으로 해결될 일이 아니다.

게다가 무엇보다 안전하게 이별해야 한다. 서로 상대방의 감정을 자극하지 않는 편이 좋다. 감정적으로 대처하면 내 건강도 해치고 재판도 그르치고 안전도 위태로워질 수 있다.

자녀가 있는 재판이혼에서 가장 중요한 것은 누가 아이들의 주양육자가 될 것이며, 장차 자녀와 어떻게 일상을 꾸려갈지에 대한 미래 구상이다. 법원은 그 판단을 위해 적합성 여부를 따진다. 결국 양육권과 재산분할 문제가 쟁점이 된다.

1_ 우린 다른 이야기를 쓴 거야. 그뿐이야

내 이야기에 내가 속은 것인가?

아픈 질문이지만 반드시 짚고 넘어가야 한다. 나의 사랑과 결혼 이야기는 과연 내가 지어낸 방향대로 흘러갔을까? 내가 내 스토리텔링에 속아 가짜 현실을 진짜로 만들기 위해 갖은 애를 써온 것인가?

물론 누구나 자기 이야기를 지어낸다. 문제는 균형이 깨졌을 때다. 게다가 무언가 문제가 생겼을 때 오히려 타인의 시선과 세상의 잣대에 자신을 끼워 맞추려 든다. 다 감추기 위해서다. 모두가 살아가는 듯한 '평범한' 대열에서 밀려날까 봐 겁에 질리기도 한다.

사실 본인이 지어낸 이야기에서 빠져나오기란 대단히 어렵다. 때로는 거의 불가능해 보이기까지 하다. 얼마나 힘들고 괴로운지 잘 안다. 불행감을 견디는 유일한 방편이었을지도 모를 오랜 위안이 아니던가. 나도 미련스럽게 마쳐 상태로 오래 살아봤고 온갖

발버둥을 하는 데까지 해봤다.

스스로에게 묻는다. 왜 그렇게까지 재판에 매달렸을까?

나에게는 그때가 처음으로 현실을 맞닥뜨리는 경험이었던 것 같다. 현기증을 동반한 그 아찔한 '현실감'은, 아직까지는 보호막이 유지되고 있으나 조만간 모든 보호막이 걷히고 다시는 생겨나지 않을 수 있다는 또렷한 인식이었다. 그러니 이 재판 또한 두 번 다시 없을 기회였다.

나와 달리 상대방은 최소한의 에너지만을 써서 재판에 임하려는 사람처럼 보였다. 마지못해 방어한다는 식의 태도였다. 우리는 같은 재판을 했지만, 같은 이야기 속에 들어가 있지 못했다. 그저 한집에서 산 공동 거주자에 불과해 보였다. 서로에 대해 의외로 아는 것이 없을 뿐만 아니라, 정서적 공유 없이 지낸 지 오래라는 느낌만 짙어졌다. '문서공방'이 여러 차례 오가면서 이는 점점 구체화되었다. 처한 입장도 달랐겠지만 서로의 '속한' 이야기가 그 정도로 달라서 상황인식이나 대처방법도 격차가 벌어진 듯하다. 도저히 같이 갈 수 없다는 증거가 공식문서로 남은 셈이다. 재판은 이를 확인해주는 데 불과했다.

지금은 이렇게 생각한다. 잠시 속았으면 어떠랴. 이야기를 지어낸 사람이 수정도 하고 퇴고도 하는 법이다. 사람은 고쳐 못 쓴다고 하지만, 본디 이야기란 언제고 고쳐 쓰는 것이 아니던가. 다시 공들여 쓰면 된다.

대만 정치학자 저우바오쑹은 『어린왕자의 눈』에서 선택은 곧 위험부담을 짊어지는 일이라고 했다. 어린왕자는 자신의 한 송이 장미를 지키기 위해 장미를 떠나는 역설적 행동을 한다. "선택의 의미는 모든 가능성을 소유하는 데 있지 않고, 수많은 가능성 중에서 하나를 선택하고 나머지 것들을 포기하는 데 있다." 그래서 선택은 '가지는 동시에 버리는 것'이라고 설파했다.

어쩌면 재판이혼은 수재가 났을 때 떠내려가는 가재도구 중에서 반드시 건져야 할 것을 재빨리 골라내는 선택과도 닮아 있다. 놓치면 안 될 것을 신속히 챙겨서 빠져나와야 한다. 버릴 것을 버리고 택할 것을 택하되, 절대 뒤를 돌아봐서는 안 된다. 무사히 마른 땅을 밟을 때까지는 유념해두자.

결혼진술서

가까스로 첫 줄을 쓴 2010년 결혼진술서

해서는 안 되는 결혼이었다.

같은 학교 같은 과에서 만난 우리는 연애를 5년이나 했지만, 그는 결혼 의사가 없었고 나는 오랫동안 결혼하자고 조르는 형국이었다. 결혼 이후 그는 결혼해준 것으로 나에게 해줄 걸 다해준, 마음의 빚까지 모두 청산한 사람처럼 당당하다 못해 뻔뻔한 자세로 일관했다.

결혼 후 한 달이 채 안 됐을 때부터 아차 싶었지만, 아이를 낳고 키우면서 나이를 먹다 보면 그도 성장하고 변할 것이라고 나 혼자 생각했다. 내가 잘하면, 다 좋아질 거라고 여겼다. 그가 미래에 대한 과도한 불안과 두려움 때문에 그럴 거라고 이해했다. 그래서 너무 오래 참고 살았다. 그러나 그는 자신의 일관된 '결혼관'을 결혼 후에도 이어갔고, 아무것도 하지 않으려고 했다. 그는 책임회피로 일관하면서, "우리가 결혼하면 결국 불행해질 것"이라는 자신의 '예언'을 끝끝내 증명해 보였다.

갈등이 발생하면 그는 모든 걸 '상대방 탓'으로 전가하고 자기는 뒤로 쏙 빠졌다. 매번 그런 식이었다. 집안에 문제가 생겨도 다 '아내 탓'이었다. 자기네는 다 같은 '핏줄'이지만 나만 외부인이란 고려는 없었다. 그럴 때마다 나는 집안에 분란을 일으키는 존재 정도로 취급받았다.

시부모가 살던 집은 남편 명의고, 우리가 사는 집은 시아버지 명의였다. 집에 관련된 모든 문서는 다 시아버지 금고에 들어 있었다. 집 문서를 나는 본 적도 없다. 당연히 대출이든 뭐든 아무 권한도 없었다. 명의가 바뀌어 있는 집에서 살면서, 그 집에 거주할 '허락'을 얻은 것뿐인 상태였다는 자각은 이혼소송을 시작하면서 팩트로 굳어졌다.

내가 가압류해야 할 대상은 당연히 남편 명의인 아파트였다. 그 집은 당시 시부모가 사는 집이어서, 나는 며느리로서는 돌아오지 못할 강을 건넌 괘씸죄를 행한 것이었다.

그런데 소송을 시작하고 보니, 이 결혼의 모든 것은 시작부터 끝까지 모조리 대리전이었다. 집의 명의까지도 우연이라기엔 기막힌 조합이었다.

13년 전 변호사 사무실에 제출한 결혼진술서가 "해서는 안되는 결혼이었다"로 시작된다는 점에서 여전히 씁쓸하다. 당시에는 모든 생각이 그렇게 수렴되는 중이었기에 이 표현을 쓴 것같다.

결혼진술서

사이좋은 결혼생활이어도 힘들고 고단한 점은 셀 수 없이 많을 것이다. 결혼의 행불행은 결국 당사자 두 사람의 내적 만족감에 달려 있기에, 고단해도 얼마든지 행복할 수 있다. 문제는 어떻게 해도 나아지지 않는다는 무력감이 모든 기대를 앗아갔을 때다. 이야기로 치자면 시작-중간-끝이 있는 온전한 형태가 아니라, 어딘가 잘려나갔거나 애초에 없는 상태로 진행되는 느낌이 가시지 않을 때다. 아무리 부정하고 싶어도 이야기는 한쪽으로 기울어버렸고, 옴짝달싹 못 하는 주인공이 바로 내 모습이라는 게 '기구함'의 핵심이다. 기구한 팔자가 따로 있는 게 아니며, 나 또한 예외가 아니었음에 아연실색하게 된다.

우리들이 보고 겪은 숱한 결혼 이야기는 이제와 살펴보니 애초부터 균형이 맞지 않았다. 500여 년 서양의 통계만 보더라도 결혼 기간은 평균 11년, 평균수명은 39세 미만이라고 한다. 질병이나 기근이나 중노동, 전염병과 전쟁 등으로 오래 살 수 없었기 때문이다.

우리는 유사 이래 선조들이 겪어보지 못한 미증유(未曾有)의 사태에 처한 것이다. 인류가 한 번도 마주해보지 못한 혼란과 내적 갈등을 아무도 피해갈 수 없게 되었다. 중세인이라면 이미 죽음이 두 사람을 갈라놓았을 나이에 이혼소송을 벌이게 된 셈이다.

게다가 나이만 먹었지 거의 모든 것을 양쪽 부모가 마련하는 결혼이 된다면, 어느 것 하나 스스로 결정할 수 없게 된다. 시작이 그러했으니 끝맺음조차 본인 의사라기보다는 주변 시선을 의식하게 된다.

결혼에 대해 서로가 나눈 최초의 약속은 무엇이었는가? 왜 그것이 깨졌다고 판단했고 돌이킬 수 없는 선택을 하게 된 것인가?

이혼 결정은 의외로 시중의 흔한 '이혼사유'에서 비롯되지 않는다. 사유를 파헤치려고 집착하는 경우에도, 좀 더 유리하리라는 기대 때문이지 사유 자체가 본질은 아니다. 본인을 위함도 자녀를 위함도 아니며, 저쪽을 망신 주는 데 골몰하다 보면 본인부터 황폐해질 수 있다.

실상 나의 사유는 누구와도 같지 않으며, 오직 나에게만 적용된다. 그러니 주변의 이러저러한 말들에는 오히려 잠시 귀를 닫는 게 낫다.

결혼은 종신계약이라 법적으로 해지할 방법은 사망과 이혼뿐이다. "오래오래 행복하게 살았답니다"가 안 되는 시대, 평균수명이 늘어나 "오래오래"가 "죽음이 갈라놓는 날까지"를 의미하지 않게 된 이 시대에는, 각자도생의 지혜가 필요하다. 누구에게나 통용될 기준이 존재하기 어려운 세상이다. 더는 같이 살지 못하겠다고 결심했던 이유가 바로 당신의 이혼사유다.

　이럴 때 통념에 휘둘리면 괴로움만 가중된다. 오죽하면 본인 생각은 빼버린 채 '쥐 죽은 듯' 평생을 살아볼 각오까지 했는지 이해 못 하는 바는 아니나, 비이성적인 생각은 재판에 불리하니 자제하는 게 낫다.

나를 분간해야 할 시간

엄마가 위암 말기 판정을 받으셨을 때 나머지 식구 다섯은 이 현실을 감당해내지 못했다. 우리가 택한 것은 둘러댈 '거짓'을 고르고 절박하게 그걸 믿는 일이었다. 막막하고 막연한 희망에 매달리며 숨죽여 울고 현실을 과소평가하는 쪽이었다. 그리고 엄마에게는 초기이며 수술은 성공적이었다고 거짓말을 했다. 아무것도 못 하고 그저 열었다 덮은 것에 불과한 개복수술이었는데 말이다. 6개월여의 수술 이후 투병 기간 그리고 엄마의 마지막 순간이 다가올 때까지도 우리는 결코 진실과 마주하지 못했다. 엄마와 대화는 거짓의 기반 위에서 서로 눈도 똑바로 마주 보지 못하는 이중의 슬픔과 회피로 변질되어갔다. 엄마는 우리의 기색을 다 눈치채고 계셨을 터이기에, 본인이 회복불가 상태임을 차츰 인지할 수밖에 없었으리라. 문제는 이 거짓으로 인한 단절이었다. 엄마에게는 처절한 고독을, 우리에게는 깊은 죄책감을 남기고 만 것이다.

결혼진술서

거짓말을 둘러대기로 작심한 남편과 자녀들 앞에서 엄마는 마음껏 울 수나 있었겠는가? 가장 기본적인 정보가 거짓인데 무슨 말인들 위안이 될 수 있었으랴. 우리는 너무도 소중한 그 시간을 거짓을 덮는 데 상당 부분 써버렸다.

20년도 더 지나 죄송하고 또 죄송한 마음으로 돌이켜본다.

그때 여러 번 엄마께 털어놓고 싶었던 얘기를 나는 왜 끝내 삼키고 말았을까?

힘이 없어서였다. 진실을 감당할 자신이 도저히 없었다. 그래서 거짓을 택하고 변명을 해버렸다. 이렇게 숨기는 게 엄마의 차도에는 도움이 될 거야. 혹시 간절히 기도하면 기적이 일어날지도 모르잖아? 진실을 알게 된 후 순식간에 악화되기라도 하면 네가 무슨 수로 책임질래?

내 결혼이 파탄 났고 나아질 가망이 거의 없다는 분명한 판단이 섰을 때도 마찬가지였다. 무조건 외면하고 싶었다.

"다들 그렇게 살아. 너는 뭐가 특별해서?"

"좀 죽은 듯이 살면 안 돼?"

1년여 이혼재판을 할 때도 여전히 힘은 없었다. 하지만 일생에 한번은 단호해져야 했다.

1_ 우린 다른 이야기를 쓴 거야. 그뿐이야

거짓을 털어내려면 우선 폭로를 감당해야 했다. 나만 입 다물고 있으면 남들은 나를 '다 가진 사람'으로 부러워할 수도 있으련만, 스스로 전부 까발려야 했다. 실은 내가 가진 것 중 태반은 거품이었으며 거짓의 기반 위에 놓여 있었음을 말이다. 진짜 내 것이 무엇인지 가려내야 했다. 우리는 결국 자신만의 것으로부터 소생하기 때문이다.

이제 어쩔 것인가? 스스로에게 길을 열어줄 사람은 오직 당신 자신뿐이다. 무엇이 나를 걸어가게 하고 무엇이 나를 주저앉히는지 분간해야 한다. 분간(分揀)은 '가려서 알다'는 뜻이다. 사전적 풀이는 '옳고 그름이나 같고 다름에 따라 구분하여 알다'다. 알아야만 가려낼 수 있다. 나를 분간하자. 미쳐버릴 것 같던 나를 이성적인 나로 바꾸어야 재판에 임할 수 있다. 문서 작성이 방패나 갑옷 같은 힘을 발휘할 때까지 냉정해져야 한다.

이 분별과 선별 작업을 끝냈을 때, 전 배우자는 원가족에게 돌아가는 길을 택했고 나는 두 아이와 셋이서 사는 일상을 택했다. 가는 길이 달랐다. 갈린 길을 법적으로 정리해주는 일, 그게 이혼 절차였다.

물리학자 리처드 파인만은 "자기 자신은 속여먹기 가장 쉬운 상대다"라고 말했다. 라이언 홀리데이의 『에고라는 적』 서문에 나오는 말이다.

우리는 삶이 비틀다 못해 와르르 무너졌을 때, 비로소 지난 시간을 돌아보며 묻는다. 대체 어디서부터 잘못된 것일까? 그간 거짓에 갇혀 살아왔다는 비탄에 빠지기도 한다. 일부는 맞고 일부는 과장이지만, 자기 자신부터 속여넘긴 것은 사실이다.

결혼생활을 유지하려고 선택적 거짓을 택하기도 했다. 진실이 다수 포함되긴 했지만, 선택한 거짓을 지탱하려고 끝도 없이 역할극을 이어가기도 했다. 거짓으로 바탕색을 칠하려던 것은 아니었지만 점차 균형은 깨졌다.

물론 상당한 세월이 흐른 후 이미 관성이 되어버린 뒤에야 드러나는 일이다. 그래서 뼈아프다. 그저 약간의 덧칠 정도라 여기며 합리화에 골몰했으나, 전체 그림이 망가져버리고 나서야 충격에 휩싸인다. 이렇게 될 줄은 몰랐어!

결국 자신이 완전히 막다른 골목에 들어섰고 뒤로 물러날 수도 나아갈 수도 없는 벽과 마주했음을 깨달았다면, '벽을 타는 법'에 대해서도 고민해봐야 한다.

이전에는 상상도 못 했을 일이기에 본인은 물론이고 주변에서조차 어떤 조언도 못 할 것이다. 모두 위험하다고 말리기만 할

지도 모른다. 그러나 어차피 승률은 반반이다. 더 내려갈 바닥도 없지 않은가?

연애 중인 분들에게도 당부하고 싶다.

연애진술서 형태의 글을 한 번이라도 작성해보기 바란다. 글로 서술할 수 없는 엉망진창인 구간이 있는 상태라면, 잠시라도 관계의 진행을 멈추어야 한다. 진술하기 애매한 관계의 에피소드와 이야기 속에는 분명 함정이 들어 있다. 내가 눈을 감아버린 지점이 있다. 모르는 척 덮지 말자. 그 지점을 해결하지 않고서는, 모래 위의 집처럼 순식간에 전부 허물어질 수 있다.

최선을 다해 진술서를 써보자. 그것이 내 사랑과 내 결혼에 대한 예의다.

설혹 사랑이라 믿었던 착각일지라도, 본인이 어느 지점에서 자기 자신을 속이고 합리화했는지 밝혀내야 한다. 분간이 안 된다고 해도 실망할 필요는 없다. 다시 기준점을 잡으면 된다. 지금 서 있는 자리에서 비틀거리지 않고 두 발로 서 있기만 해도 된다.

나는 여러 차례 문서 공방을 거치며, 전 남편이 나와 우리의 결혼을 어떻게 생각해왔는지에 대한 진실을 받아들여야 했다. 짐

작은 했지만 실제로 그런 내용의 문서를 받아보는 것은 충격이었다. 그럼에도 반박문으로 대응하려면, 그의 문서가 말하는 바를 정확히 파악해야 했다. 시험공부보다 훨씬 중요한 일이었다. 요지를 파악하고 답을 준비하는 일에 오차가 있어서는 안 됐다.

결혼진술서를 쓰고 변론을 제출한 후에도, 반박문이 두어 차례 오가는 과정이 뒤따른다. 결혼진술서를 비교적 소상히 써두면, 이후 어떤 문서도 그 기조 위에서 작성할 수 있다. 다음에 인용하는 글은 첫 번째 쓴 반박문의 요약이다.

저는 작가로 살기 위해 나름대로 애썼습니다. 오랫동안 드라마 작가의 보조를 했음에도 정작 자신의 작품으로 '데뷔'하지 못한 것은 문제일 수도 있습니다. 하지만 성과를 내지 못했다고 해서 그 길을 포기한 것은 아니었고, 실력이 부족하기에 작품이 써질 때까지 더 매진해야 한다고 생각했습니다. 아직도 저는 수련 중에 있다고 생각합니다.

경험이 부족하고 생각이 짧아 안 써지는 글을, 결혼하고 아이를 낳고 키우며 삶의 체험을 통해 극복해보고 싶기도 했습니다. 같은 학교 같은 과에서 만나 '작가'로 살기를 꿈꾸는 피고는 저의 그런 소망을 누구보다 잘 이해해줄 사람처럼 보였습니다. 실제로

1_ 우린 다른 이야기를 쓴 거야. 그뿐이야

긴 교제 기간에 그는 제 꿈을 많이 지지해주기도 했습니다. 그러나 제가 졸업 직후에 그가 바랐던 대로 금세 정식 작가로 '데뷔'하지 못하면서, 그 문제로 많이 다투기도 했습니다.

그 와중에 제 친어머니가 암으로 돌아가시면서, 저는 말 그대로 모든 의지가 꺾여버리고 말았습니다. 슬픔과 막막함으로 어떻게 살아야할지도 모르는 상황이었습니다. 그 와중에 피고는 저에게 '독립하라'는 얘기를 아주 많이 했습니다. 물론 저를 위해서라고 그는 강조했지만, 어쩐지 그의 말은 위로나 애정이 아니라 다그치고 시험하고 결혼을 위한 '조건부'에 가깝다는 느낌도 없지 않았습니다.

부족해도 서로 채워가는 많은 작가 부부처럼 저는 피고와 그렇게 소박하게 살 줄 알았습니다. 저와 그의 기준이 달랐던 것이지요. 그가 예상한 저의 작가라는 미래는 정규직 노동자보다 훨씬 많은 수입을 벌어들이는 화려한 것이었나 봅니다. 돈으로 많은 것을 해결하는 폼 나는 미래를 제가 가져다줄 줄 알았나 봅니다.

저는 다만 어떤 형태로든 '글'을 놓지 않고 쓸 수 있다는 게 기뻤습니다. 그래도 이렇게나마 계속 글을 쓰고 있으면 언젠가는 나에게도 창조성이 깃들 것이라는 믿음을 버린 적이 없습니다. 그러나 이제는 알겠습니다. 피고가 바란 것은, 글을 쓰든 뭘 하든 정규적으로 일정한 수입을 벌어서 그의 입버릇대로 "너 알아서" 애들하고 조용히 자기한테 절대 아무것도 요구하지 않으면서 사는 것이었습니다. 자의식도 없이 원망이나 불평불만도 없이. 그런데 어느 날 깨달았습니다. 그렇게 살아서는 미래가 없다는 것을요.

저와의 결혼이 내키지 않았다면, 피고는 결혼 전 입장표명을 분명히 했어야 합니다. 무작정 기다리게 할 것이 아니라, '헤어지자'는 태도를 분명하게 보였어야 합니다. 딱 부러지게 헤어지자고 한 것도 아니고, 저를 못마땅해하는 불평불만만 늘어놓고 앞으로 계획에 대한 언질도 주지 않고 사람 속을 무던히 태우게 했습니다. 그러다 피고의 아버지 주도로 갑자기 날짜를 잡게 되었습니다.

저는 가족을 극진히 보살펴주시던 친어머니가 돌아가신 이후, 의존의 깊은 구덩이를 깨달았습니다. 어머니께 모든 것을 의지하고 살아오는 동안 저는 '자립능력'이 부족한 상태였습니다. 아버지는 슬픔과 그리움에 지칠 대로 지쳐 그저 운명을 한탄하며 우는 날이 많으셨습니다. 자기 손으로 할 수 있는 게 서서히 늘어나 각자 제 앞가림을 할 수 있게 되기까지 약 3년간 저희 식구 다섯 명은 정말 힘든 시간을 보냈습니다.

저는 정말 서툴고 실력이 없었지만, 그래서 세 끼 밥을 마련하고 나면 온종일이 다 걸리곤 했지만, 저라도 살림을 맡아야 하는 상황이었습니다. 한동안 어머니가 하시던 일의 대부분을 제가 했습니다. 그런 저더러 "라면도 못 끓인다"고 썼더군요. 웃음이 다 나오네요.

결혼 첫 달부터 저희는 돈 문제로 싸웠습니다. 신혼 초에는 결혼식 관련 비용도 많이 나갔습니다. 그리고 하다못해 세숫대야조차 새로 사야 하는 신혼살림에서 지출이 많은 건 당연한 일이었습니다. 초반엔 한동안 월세까지 내야 했는데, 그는 저에게 사치한다고 몰아세우며 짜증을 냈습니다. 자기 용돈만 벌면 됐던 미혼 시절의 사고방식을 끝내버리고 싶어하지 않았습니다.

……

첫아이를 낳은 후 시부모께 의존할 수밖에 없었습니다. 친정 어머니는 돌아가셨고 돈은 없어서 산후 도우미를 쓸 수 없었습니다. 염치 불구하고 시댁에서 산후조리를 한동안 했습니다. 그때도 피고는 시댁에 밥을 먹으러 오는 형태였습니다. 잠깐 얼굴만 보고 획 가버리면서, 저더러 애를 성심껏 안 돌본다고 성질을 부려 집 안을 발칵 뒤집는 경우도 많았습니다. 산모에게 왜 그러냐고 시부모가 피고를 나무라는 일도 많았습니다. 당시 저는 시부모께 굉장히 의지하던 중이라, 차라리 그가 안 오는 날이 마음 편했고 시댁 분위기도 더 좋았습니다.

아이를 낳고 키우는 와중에 점점 저희 역할은 정해지고 굳어 갔습니다. 제 서열이 가장 낮았고 아이와 관련된 모든 부정적인 것은 제 탓이 되어갔습니다.

그즈음 일련의 사건들을 겪으며 원고는 피고가 경제적 문제는 물론 저와 어떠한 것도 공유하지 않으려 드는 남남임을 깨달았습니다. 다 제가 알아서 해결해야 할 일들뿐이었습니다. 피고는 "내 빚 내가 벌어서 갚는데 니가 웬 상관이냐?"며 돈 얘기만 나오면 화를 냈고, 게임을 방해한다고 아이들에게도 화만 내고 방에 문 잠그고 들어가곤 했습니다. 저에 대한 폭언은 점점 심해졌고 물건을 집어던지며 행패를 부렸습니다. 주로 식탁의자를 팽개치거나 책을 집어던졌습니다. 제가 보던 책을 집어던질 때는, 이상하게도 마음이 더 아팠습니다. 제 모든 것이 부정당한다는 기분이 들었기 때문입니다.

원고와 피고는 이윽고 아예 대화를 중단하게 되었습니다.

엇나간 이야기, 환상 속에 내가 있었다

1. 결혼 전과 후

결혼 전은 대체로 꿈이다. 나는 정말 꿈속에 살았다. 주로 이런 어디선가 주입받은 마냥 긍정적인 전망이었다.

"우리가 결혼하면 얼마나 환상적일까!"

소소한 일상 속 번득이는 순간을 잘 잡아채는 일본 만화가 마스다 미리는 글과 만화가 따로 또 같이 메시지를 전하는 방식을 담아낸 『여자라는 생물』을 펴냈는데 이런 글귀가 눈에 띄었다.

결혼하고 처음 차리는 저녁밥은 뭐로 하지? 중학생 때, 곧잘 친구들과 얘기했던 주제다. 생각만으로도 즐거웠다. … 우리는 그 밖에도 까악까악거리며 프러포즈 받을 장소며 웨딩드레스 디자인을 얘기했다. 그리고 아이는 3년 터울로 둘째를 낳는 편이 경제적으로 좋다든

가, 여름에는 더우니 가을에 낳는 편이 몸에 편하다는 등, 온갖 아는
척을 하며 얘기했다.

그런데 막상 결혼하고 나면 시작과 동시에 원망이 시작되는
사이가 있다. 우리가 그랬다. 이 부분에 대해서는 결혼진술서에
다음과 같이 썼다.

아이가 다쳤을 때도 모든 게 "어미 탓"

둘째가 다리와 이마를 크게 다친 사건을 그와 시부모는 나를 '자격
없는 에미'로 몰아가는 구실로 삼았다.

아이가 다쳤을 때 엄마인 나의 고통과 괴로움을 아무도 인정하지
않았다. 애간장이 타들어 가는 내 심정을 헤아리는 게 아니라, "애도 못
보냐?"는 질책만 돌아왔다. 나는 나 자신을 원망하고 또 원망했다. 그 1
초의 순간을 되돌릴 수만 있다면, 이 생각이 떠나지 않아 너무도 괴로웠
다. 하지만 다친 아이를 돌보는 일에 최선을 다하면서 그리고 아이가 호
전되면서, 나는 죄책감에서 벗어났다. 아이에 대한 깊은 사랑이 그 자리
를 채웠다. 아이가 전보다 훨씬 소중하고 사랑스러웠다.

그러나 남편은 끝없이 나에게 죄의식을 강요했다. 아이가 다친 일
을 마치 자신이 나를 평생 윽박지르고 구박해도 될 어떤 죄목이라도 되

는 듯 공격했다. 그거 하나만 봐도 너는 아무것도 할 수 없는 자격 미달 인간이라는 식이었다.

붙박이 인생

거주 이전의 자유 없음.

무산된 외국 유학의 꿈

그는 외국 유학 문제를 한동안 심각하게 고민했다. 유학원도 알아보고 미래에 대한 구체적 계획들을 세우는 듯했다. 그는 두 달 이상 나를 매일매일 설득했다. 우리가 봉착한 수많은 문제를 한꺼번에 해결할 절호의 기회이긴 했다. 단 성사가 된다는 전제하에.

그의 진로 고민, 명의만 있을 뿐 실권이 없는 재산권에 대한 문제, 아이들 교육, 공부를 더 하고 싶은 내 소망 등을 단번에 해결할 수 있을 것 같았다. 다녀올 수만 있다면, 그 2, 3년은 우리 식구 네 사람에게 더없이 좋은 기회였다.

유학비용 융통 좌절: 모두 아버지의 것임을 확인

우리가 떠날 수 있느냐 없느냐는, 각오의 문제가 아니라 돈의 문제였다. 우리에게는 남편 명의의 집만 있지, 그 집에 대한 실권이 없었다.

그는 그때까지도 그 사실을 인정하지 않았다. 언제든지 자기가 요청하면 융통할 수 있다는 게 그의 주장이었다.

그러나 그의 두 달이 넘는 유학 계획에는 가장 중요한 게 빠져 있었다.

첫째, 시부가 동의하지 않는 한 비용을 마련할 수 없었다.

둘째, 명분이 약했다. 자기는 그저 어학연수를 받을 계획이며, 나를 공부시켜 석사를 따게 하겠다는 게 그의 계획이었다. 그걸로 본인의 부모를 설득한다는 계획은 애초부터 성사 가능성이 희박했다.

1분 만에 거절당한 것도 지당했다. '니들 돈 있으면 가라'가 답이었다. 내 잘못은 남편이 하도 자신만만하게 계획을 두 달여 짜는 걸 보고 쉽사리 접지는 않을 거라고 믿은 착각에 있었다. 그는 그날부로 계획을 완전히 포기했고, 나는 절망했다. 절망의 원인은 결과에 있지 않았다. 과정에 있었다.

그는 언제나 그랬듯이 이후 자기합리화에 골몰했다.

내게 미안하다는 말도, 다시 계획을 세워보자는 말도 없었다.

아버지에 대한 완벽한 투항이었다.

그날 이후 내가 꼼짝없이 어떤 '덫'에 빠졌다는 생각이 들면서, 심리학 서적들을 탐독하기 시작했다. 나의 상황이 지금껏 알던 지식으로는 도저히 받아들여지지 않았기 때문이다.

1_ 우린 다른 이야기를 쓴 거야. 그뿐이야

이제 아내에게 어떤 꿈도 미래도 제시할 수 없게 된 그가 할 수 있는 건 아내를 힘으로라도 꺾는 것뿐이었다. 그리고 더는 헛꿈 꾸지 말고 조용히 살라는 경고뿐이었다.

2. 별거 후

이혼절차만 남았음을 확신하게 했던 기간이었다.

남편과 시댁에서는 아무도 "너 왜 그러니?"라고 묻지 않았다. 나를 욕하고 탓하는 얘기들뿐이다. 애들에 대해서도 지금처럼 주말에만 만나는 형태에 만족하는 것 같다. 남편은 "너한테 정 없다. 할 얘기 없다. 관심 없다"는 얘기로 일관하고 있다. 나는 여러 차례 대화를 제안했으나, 돌아온 것은 심한 인신공격뿐이었다. 그는 원인 분석이나 사태 해결을 위한 어떤 노력도 원치 않음을 분명히 했다. "우리 사이는 오래 전에 끝났다. 왜 머뭇거리냐? 합의든 소송이든 빨리 해라"는 이메일도 보내왔다.

그는 아이들의 성장 과정과 심리 등에 관심이 부족했다. 아이들은 저절로 큰다고 여기는 사람이었다. 애들은 어쩌다 한 번 관심 가져주면 되는 줄 여겼다.

보육비를 사교육비 과다지출이라며 공격하곤 했다. 아이들 교육비를 위해 돈을 벌지는 않겠다는 말을 여러 차례 공언했다.

그는 시부모를 육아의 주체로 여기며 아내는 4분의 1 몫에 불과하다고 주장한다. 특히 시어머니가 애들을 다 키웠다는 식으로 우기며 4분의 3 이론까지 펼쳤다. 엄마인 나의 역할은 고작 4분의 1인데 그마저 "너는 제대로 한 게 없다. 맨날 전전긍긍했다"는 이유로 엄마 역할을 한 게 거의 없다고 무시했다. 애를 봐줄 사람이 세 명이나 더 있는데 굳이 아빠인 나까지 육아에 가담할 이유가 있느냐는 자기합리화를 위한 묘안이었다.

내가 애들을 데리고 친정에서 지낼 때도 그는 전화해서 이렇게 말했다.

"여기에 육아의 주체가 4분의 3이 있는데, 왜 4분의 1밖에 없는 외가에 애들이 있어야 합니까?"

1_ 우린 다른 이야기를 쓴 거야. 그뿐이야

3. 이혼 후

개인의 선택이라기보다는 잘못된 집단 무의식 같은 '관행'이 있다. 전 배우자를 나쁜 사람으로 몰고 핍박하고, 아이를 키우는 쪽의 도움 요청이나 자녀 교육비에 무관심할수록 내가 '정당'해지는 것 같은 착각 말이다.

전 배우자는 당신의 어려움은 물론 당신과 함께 사는 자녀의 어려움에 대해서도 한 다리 건너 남의 일처럼 볼 공산이 크다. 이혼가정에서 친가의 경제력은 의외로 그림의 떡보다 못하기 마련이다. 억울하고 애가 타는 상황이 자주 발생할 것이다.

이 최악의 경우에 대비하라. 최악을 예상하고 대비하면 최악만은 면할 수 있다. 무사히 일상을 지키는 것이 무엇보다 중요하다. 법이 정한 것 외에 상대방은 아무것도 하지 않을지 모른다. 법은 단지 하한선일 뿐, 실생활에 대한 반영이 아니라는 뜻이다. 법정 양육비는 고3 때까지 자녀 한 명당 50만 원 정도인데 최근 70만 원으로 인상되었다. 법정 양육비가 얼마인지 모르는 이가 많을 것이다. 그마저 책임지지 않아 자녀를 피눈물 나게 하는 경우가 많다는 것 또한 공공연한 비밀이다. 아직도 우리나라에서는 법정 양육비를 의무가 아닌 선의(善意)로 착각하는 인식이 바로

잡히지 않고 있다.

　그는 첫 조정기일 직후 나에게 연락해 물었다.
　그: 너 정말 나를 그런 식으로 생각해?
　나: 지금은 그래.

　내 결혼진술서를 바탕으로 작성됐을 이혼소장(訴狀)의 내용
이 누구의 '사주'를 받거나 변호사의 지시대로 지어낸 내용이라
여기고 싶어 한 그로서는, 내가 쓴 글을 받아들이지 못하는 듯했
다. 거기 적힌 말들이 날조여서가 아니라, 내가 그런 사실을 폭로
하고 분석하는 글을 썼다는 게 믿어지지 않는 모양이었다. 그때는
현실 판단도 못하는 그가 경악스러웠지만 시간이 지나 생각해보
니 짚이는 이유가 있다.

　첫째, 나는 나를 오래 속이며 살았다.
　둘째, 나는 갖은 애를 썼고 어느새 몸에 밴 태도가 되었다.
　셋째, 그가 아무것도 모르는 게 당연할 수 있다. 오랫동안 내 의견을
　　　끝까지 주장하거나 관철하지 못했다. 불만을 표시했다가도 분
　　　위기가 험악해지면 입을 다물고 말았다. 스스로 약자라고 생각

1_ 우린 다른 이야기를 쓴 거야. 그뿐이야

하니 더더욱 말을 잃어갔다. 갈등이 싫어 참는 쪽을 택했다.

이처럼 단답을 나눈 후, 우리가 다 끝난 사이임을 인정하게 되었다. 그러니까 서로 완전히 다른 현실과 다른 스토리를 기반으로 살아온 것이다. 만일 여러분이 이혼법정에서 상대방에게 이런 반응을 듣게 된다면, 속으로 쾌재를 불러도 좋다. 밑바닥에 있던 당신의 본심이 이제라도 공개된 것이며, 당신이 있을 곳이 최소한 '그 집'은 아니라는 증표이기 때문이다.

이혼 후 한부모 가정의 진정한 고민은 다른 데 있지 않다. 아이가 꿈을 크게 품고 살아갈 환경을 내가 제공할 수 있을 것인가? 운이 따르지 않는 한, 똑똑한 내 자식이 희망을 서서히 놓는 과정을 속수무책으로 지켜봐야 할 수도 있다는 두려움이 크다.

자식이 꿈을 스스로 꺾는 것을 무기력하게 보고만 있어야 하는 것이, 부모로서 받는 가장 큰 형벌 같다. 지레 겁부터 난다. 먹고사는 것은 어떻게든 해결되도록 복지정책도 나아지고는 있으나, 꿈을 품고 키워나가는 것은 애초에 엄두조차 내기 어려운 상황에 종종 빠진다. 자식을 키울 때 '밥'만 먹이면 되던 시대가 아니다. 그러나 그 이상을 꿈꾸는 자체가 낙인찍힌 어미의 과욕처럼 보이는 상황이 늘 빚어진다. 상처받지 않기 위해 아이들은 처음부터 아무 꿈도 안 가지려 들 수도 있다. 매일매일 속이 타들어가지만, 타개책은 하나뿐이다. 아이를 맡은 쪽의 부모가 우선 똑바로 서야 한다.

055
1_ 우린 다른 이야기를 쓴 거야. 그뿐이야

2

쓰기 전에 먼저 돌아봐야 할 것들

결혼진술서를 위한 기초훈련

66

무엇보다 가정 내 갈등 '수습'에 대한
인식부터 바꾸는 게 좋다.
내 정리는 내게 맞는 방식으로 해야 한다.
남들도 다 그렇게 산다는,
그렇게 모두에게 고루 통하는 길이란
사실상 존재하지 않는다.
그거야말로 허상이다.

99

전투력을 키워라

1. 당신에게 일어날 수 있는 일들

정형외과 가서 X-레이 찍기

일단 트집거리가 생기면 자신의 분이 풀릴 때까지 물건을 집어던지거나 폭언을 퍼부어댔다. 폭언이 시작되면, 아이들이 있건 없건 아이들 엄마인 나를 심하게 공격했다. 일단 아이들을 방 하나에 몰아넣고 문을 닫아두고는, 안 들릴 거라고 믿어버리는 모양이었다. 한 번은 아이들을 욕실에서 목욕시키고 있는데 시비 걸고 트집을 잡아, 욕조 안에 애들 넣어둔 채로 끌려나가 마루에서 그와 싸워야 했다.

딸은 동생에게 "울어! 울어! 그래야 엄마 아빠 안 싸우지"라고 했고, 아들은 그 말을 듣고 소리를 높여 크게 울어댔다. 욕실 문을 제 손으로 닫으면서 애들 아빠는 그 소리를 들었다고 한다. 나는 못 들었지만 이후 그 말을 전해 듣고 가슴이 아팠다.

직접 폭행이 아니었을 뿐, 그는 툭하면 물건을 집어던지고 의자를 내팽개치고, 애들이 타는 미끄럼을 쓰러뜨리는 등, 간접 폭행을 거듭했다. 폭언으로도 분이 안 풀리면 물건을 던졌는데, 그게 싸우기 시작한 지 불과 2~3분 내의 반응이었다.

어느 날 그는 말다툼 끝에 물건들을 이것저것 던지고, 딸이 유치원에서 빌려온 사전류의 두꺼운 책을 내게 집어던졌다. 오른쪽 허벅지에 심한 멍이 들어 두 달 정도 갔다. 그는 특히 책을 잘 집어던졌다. 깨지거나 부서지지 않는다는 점 때문인지 아무 책이나 잡히는 대로 던지곤 했다. 그러나 책은 맞는 사람에게는 치명적인 무기다.

사소한 말다툼 후 곧 식탁의자가 우당탕 넘어지면서, 티슈 곽이며 책들이 날아다녔다. 애들이 울어도 소용없고, 그럴 때 그는 눈에 뵈는 게 없다. 난장판이 된 집을 치우는 것도 다 내 몫이었다.

어쨌든 그가 던진 책은 내 허벅지를 때리고 떨어지면서 겉표지와 몸체가 분리됐다. 다음 날 아침에 그 책을 본 아이는 울음을 터뜨렸다. "이거 유치원 책인데, 아빠 때문에 찢어졌잖아! 어떻게 반납해?"

나는 우는 애를 달래가며 본드와 셀로판테이프로 책을 붙였다. 애는 그제야 진정됐고, 무사히 유치원에 반납했다.

그동안 싸움만 벌였다 하면, 벽으로 밀치거나 멱살 잡거나 물건을 집어던져 멍들게 하거나 바닥에 패대기치는 적은 많았다. 하지만 뺨을 때린 건 처음이었다. 생신 모임 다음 날, 부모에게 못한다는 핑계로 화를 내면서 손찌검을 한 것이었다. 태어나서 뺨을 처음 맞은 나는 이 수치심과 억울함과 분노를 참을 길이 없었다.

한참을 멍하니 앉아 있었다. 내게 일어난 일이 도무지 현실 같지 않았다. 어떻게 이런 일이 일어날 수 있나? 이렇게 마지노선이 무너졌다. 그나마 참고 살아야 한다고 나 자신을 속여온 마지막 허울까지 걷힌 것이다. 끝났다는 생각밖에는 안 들었다.

격렬한 부부싸움 뒤에 '가정폭력'이라 부를 만한 일이 일어난다면, 반드시 병원에 가서 사진을 찍고 상해진단서를 남겨야 한다. 만에 하나 중히 쓰일 수 있으니 미리 대비하라. 경찰서에 연락할 방법도 미리 알아두라. 나도 2주짜리 상해진단서를 과한 진료비를 내고 일부러 끊어둔 적이 있다. 물론 다 법정에 제출했다. 오버액션 같고 부질없어 보여도 때를 놓치지 말고 해야 한다.

아이 심리검사

마음 클리닉에 가서 심리검사지를 두 번 작성한 적이 있다. 처음엔 아이가 유치원에 다닐 때 이혼소송에 대비하는 의미로 심리검사를 받았다. 아이는 건강한데 엄마의 불안지수가 높다는 결과가 나와서, 소송 당시에는 검사지를 제출하지 않았다. 어쨌든 심리검사를 받고 나서 아이와 6개월가량 놀이치료를 다녔다. 부모가 재판을 염두에 두었을 때, 자녀에게 꼭 병행되어야 할 조치 중 하나다.

두 번째는 수년 후 그 아이가 심한 사춘기를 겪으면서 상담과 진료를 받아야 했을 때, 엄마 아빠 아이까지 심리검사지를 작성해야 했다. 같은 문항에 대한 내 답변의 차이를 스스로 느끼면서 작성했다. '문장완성하기' 검사에서 몇 가지 기억에 남는 문항들이 있었다.

- 내 생각에 여자들은, (때로 가장 이성적이어야 할 때 맹목에 빠진다.)
- 내 생각에 남자들은, (중요할 때 어처구니없을 정도로 어리석어진다.)
- 내가 가장 두려워하는 것은?

처음에는 '혼자 남겨지는 것'(39세)이라고 적었다.
수년 후에는 '만약 내가 틀렸고 그 틀렸다는 사실이 먼 훗날

드러났을 경우'(47세)라고 썼다.

한국가정법률상담소 방문

한국가정법률상담소에 세 번쯤 방문했다. 곽배희 소장을 두 번 만나 직접 상담을 받았다. 내 얘기를 한참 듣더니 이렇게 말한다.

"결혼에 대한 준비가 전혀 안 돼 있으셨군요. 양쪽이 다."

그 이야기를 듣는 순간 나도 모르게 눈물이 주루룩 흘러내렸다. 정곡이었다. 어떤 변명도 나오지 않았다. 그 매서운 평가가 내 결혼의 현주소였다. 그날 이후 결심했다. 어떻게든 정신을 차리기로. 그 고맙고도 찬 서리 같던 세상에서 가장 값진 무료상담 덕택이었다.

우리는 같은 공부를 했고 같은 세계를 꿈꿨다. 적어도 나는 그렇게 믿었다. 열심히 보고 듣고 꿈꾸고 써서 좋은 작품을 만드는 것이 희망이었다.

초등학교 때부터 글 쓰는 사람이 되고 싶었던 나는, 내가 살림에 재미를 못 느낀다는 것을 일찌감치 알았다. 차라리 아무것도 안 하고 공상을 하거나 책을 온종일 읽고 싶었다. 부모님도 그런 내 성향을 최대한 존중해주셨다. 살림은 결혼하면 지겹도록 할 테니, 엄마 있는 동안은 공부하고 책 읽고 하고 싶은 걸 마음대로 하라는 배려였다. 그렇게 자라지 못한 어머니 자신의 한풀이였을지도 모른다. 또한 세상의 모든 딸 키우는 사람의 마음이라고 지금도 생각한다.

그렇게 키우지 않으면, 딸은 제 고집대로 살 수 있는 사람이 되기 어렵다. 이 세상에는 딸들의 의지를 꺾는 일이 셀 수 없이 많기 때문이다.

나뿐 아니라 우리 집 세 딸들은 어머니가 암 투병하시기 전까지는 요리나 집안일에 정말 서툴렀다. 그래서 서툰 솜씨로 어머니 병간호를 제대로 못 해 드린 게 그때도 지금도 내내 가슴 아프다.

하지만 살림이라는 건 익숙해지면 언젠가는 잘할 수 있게 된다는 점, 닥치면 하게 된다는 점은 지금도 나의 변하지 않는 생각이다. 세상에는 그보다 중요하고 급한 일도 많다. 그런데 결혼하고 보니, 시댁은 여자를 판단하는 기준이 쓸고 닦고 요리하는 실력이었다.

집안일을 무시하는 게 아니다. 하지만 웬만하면 빨리 대충 해치우고 혼자만의 시간을 많이 갖고 싶었다. 결혼해서도 그렇게 살고 싶었다.

나는 누군가를 만날 때 나를 나답게 살게 해줄 사람인지를 많이 고려했다. 그는 적어도 나와 이상이 같은 사람이라고 여겼다. 그는 자칭 페미니스트였다. 여자친구가 자신보다 더 멋진 사람이길, 자기 아내가 자기보다 더 유능하고 돈도 잘 버는 사람이길 바란다고 공공연히 얘기했다. 나는 그게 '배우자에 대한 존중과 배려'라고 철석같이 믿었다. 그렇게 말하는 그는 나를 나답게 살게 해줄 것 같았다. 결혼해서는 더 잘해줄 거라고 믿었다. 존중과 배려의 폭이 더 커질 줄 알았다.

남편은 시부모 손에 나를 맡겨두고 거의 모든 것을 수수방관했다. 그럼으로써 무한대의 자유와 치외법권에 가까운 권리를 보장받았다.

내가 그의 부모가 마련해준 집에서 살면서 그의 부모가 마련해주는 '쌀'과 '반찬'을 먹을 수 있는 이유는 단 하나 그 집 핏줄인 아이들을 돌보는 사람이기 때문인 것 같았다.

내가 나의 경력이나 미래를 위해 하는 일들은 그 집안 입장에서는 "저 하고 싶어서 하는 일. 밥에도 관심 없고 뭘 하는지는 모르겠지만, 지 세계에만 빠져 있다"는 소리를 듣는 처지가 되어 있었다.

말 나온 김에 현재도 라디오 광고로 방송되는 한국가정법률상담소의 광고 문구를 받아 적어본다.

1.

법을 몰라서 돈이 없어서

가정에서 전쟁 같은 삶을 살고 계십니까?

최근엔 혼전동거와 졸혼도 늘고 있습니다.

한국가정법률상담소에서 무료상담을 받아보세요.
모든 가정의 수만큼 답이 있는 곳, 한국가정법률상담소.

2.
가정에서 행해지는 모든 폭언 폭력은 그 피해가
순간으로 끝나지 않습니다.
슬기로운 대처만이 지옥을 끝낼 수 있습니다.
더 늦기 전에 전문가와 상담하세요.
모든 가정의 수만큼 답이 있는 곳.
65년 역사 한국가정법률상담소.

처음의 문구는 곽배희 소장이 직접 내레이션을 맡은 광고이고, 두 번째 문구는 남성 성우가 들려준다. 이 라디오 광고가 그저 흘러가는 말로 지나가지 않고, 어느 날 단어 하나하나가 구절구절이 귀에 꽂히는 순간이 온다면, 망설이지 말고 한국가정법률상담소에 찾아가기를 권한다. 한 번도 안 가본 사람은 있어도 한 번만 가본 사람은 없을 만큼 소중한 공간이다.

가정법원 가사조사관 면접

– 결혼진술서를 이미 쓴 당신이라면 잘 통과할 수 있다.

현재 자녀를 데리고 있는 쪽의 양육 적합 여부를 몇 차례 조사한다. 자녀 양육에 대한 판결을 내리는 데 지대한 영향을 미친다. 판사도 가사조사관의 평가를 반영하기 때문이다. 평가에 따라 주양육자가 바뀔 수도 있다. 부모 양쪽을 따로따로 심층면담을 하고 청소년 자녀는 면담을, 어린 자녀일 경우 집을 방문하기도 한다. 너무 긴장하지 말고 진심을 다해 성실히 답변하는 게 최선의 대책이라고 본다.

드라마 〈우리들의 블루스〉에는 극중 인물 선아가 양육권을 두고 다투는 과정이 묘사돼 있다. 엄마의 우울증이 어린 자녀를 돌보는 데 지장이 있다는 우려를 불식해야 하니 꽤 드라마틱한 우여곡절을 겪는다. 넷플릭스 영화 〈결혼 이야기〉에도 매우 원칙적인 사례가 등장한다.

사람마다 경우마다 다르기 때문에, 처한 상황에 따라 조사방법도 다르다. 자녀가 안정적으로 생활하는 경우라면, 크게 염려 말고 일상을 유지하면서 그대로 진술하면 된다.

원고는 별거 후 아들을 친정 근처 어린이집에 보냈습니다. 그 곳은 데이케어 인증을 받은 곳으로서, 맞벌이 부부의 초등학생 자녀들이 방과 후에 밤 10시까지도 머물 수 있는 시설입니다. '데이케어' 시설은 아침 7시 반부터 저녁 10시까지 운영하는 게 방침입니다. 물론 아파트 여러 채를 어린이집으로 운영하는 곳이라 학년별로 있는 공간이 다릅니다.

그 얘기를 들은 피고와 피고 부모가, 애들이 별거 후 처음으로 피고를 방문했을 때부터 시비를 걸며 "애를 10시까지 맡기냐?"면서 원고에게 폭언을 퍼부은 적이 있습니다. 그때 위의 사실을 제대로 설명해주었는데도, 준비서면에까지 적었군요. 설명해주자 "오해가 풀렸다"고 해놓고는 여전히 트집 잡는 걸 보니 정말 말이 안 통하는 사람들입니다.

"흥정"이니 뭐니 학원비니 하는 말들은 다 사실이 아니고 원고를 모욕하기 위한 거짓말입니다. "정에 굶주려 외가에 돌아가는 것을 싫어한다"는 표현은 어린아이들의 행동을 이해 못 하는 오해에 가깝습니다. 애들은 서운한 마음에 모든 이별에 대해 그런 태도를 보입니다. 아들은 아침에 누나가 학교만 가려고 해도 울먹이고 외할아버지가 출근하시는 걸 보고도 속상해합니다. 외가와 원고를 근거 없이 비방하고 있습니다.

가출이 아니라 폭언과 폭력을 피해서 친정으로 간 것입니다.

잃고 싶지 않은 사람에게는 저렇게 너 없어도 상관없다는 식으로 행동하지 않습니다.

피고는 자신의 자존심만 중요하고, 자신의 화나는 감정이 원고와 자녀들의 마음을 아프게 하는 것보다 더 큰 일이라고 생각하는 사람입니다. 피고는 조금만 말다툼이 있어도 "너 아쉽지 않다. 꺼져. 나가"를 입에 달고 살았습니다.

정도가 심해지자 살 수가 없어서 애들을 데리고 나온 것입니다. 원고가 친정으로 간 뒤 피고와 피고 부모들의 반응은 싸늘했습니다. 원고는 사과와 대안을 요구했지만 묵살당했습니다.

피고는 부부로서 관계 유지와 회복을 위한 노력을 기울이지 않은 지 이미 오래됐고, 부부가 서로 노력하지 않는 한 가정은 유지될 수 없습니다. 피고는 배우자인 원고를 우선순위를 두어야 하는 부부관계의 기본을 모르는 사람이었습니다. 거기서 모든 문제가 비롯되지요.

저는 저와 아이들의 안전을 위해 용감해지기로 결심했습니다.

2_ 쓰기 전에 먼저 돌아봐야 할 것들

2. 일시정지가 필요한 것들

인터넷 검색

진짜 중요한 정보들은 거기에 없다.

법률상담일수록 직접 찾아가야 한다. 굳이 변호사 사무실이 아니더라도 무료로 법률상담을 받을 수 있는 공공 서비스는 많다. 상담을 여러 곳에서 받아보고, 내 상황을 미리 가늠해두는 것이 마음의 준비를 갖추는 데도 도움 된다.

주변에 하소연하고 울고 푸념하기

도돌이표의 반복이다. 안 풀린다. 심지어 모두 다 행복하기만 한데, 세상에서 나만 불행하고 나만 비참하다는 느낌까지 들 수 있다.

'법 없이 살고자 하는' 수동적 태도

관공서와 친해져야 한다. 문턱이 닳도록 드나들수록 재판에는 유리해진다. 특히 법원 내 휴게 공간을 활용하고 근처 카페와 음식점을 기꺼이 탐방해보겠다는 마음가짐이라면, 법원도 그저 관공서로 보일 것이다.

TV 이혼예능에 나갈지언정 가정법원엔 안 가고 싶어?!

합리적 이성적으로 생각해보자. 무엇보다 가정 내 갈등 '수습'에 대한 인식부터 바꾸는 게 좋다. 내 정리는 내게 맞는 방식으로 내 손으로 한다. 남들도 다 그렇게 산다는, 그렇게 모두에게 고루 통하는 길이란 사실상 존재하지 않는다. 그거야말로 허상이다. 집 정리도 내 손으로 해야 직성이 풀리거늘, 인륜지대사를 어찌 남의 손에 맡길 수 있겠는가.

문장력을 키워라: 자기객관화만이 살길

1. 접속사로 본 변천사

그리고, 우리는 원망을 시작했다

- 정말 원망스러운 건 자기 발등?

생활비는 가족에게 필요한 액수를 산정하는 게 아니고, 자신이 줄 수 있는 돈(술값을 제한)을 주는 형태다. 더 필요하다고 카드라도 요구하면 신경질부터 내고, 그것도 못 버냐고 나를 힐난했다. 생활비에서 모자라는 돈은 빚을 져서 내가 해결해야 했다. 아니면 나가서 벌든가. 아무튼 그는 생활비 부담에서 완전히 자유로우면서 가장이라는 유세는 엄청났다.

실제로 4인 가족이 살아가는 데 기본생계비가 얼마인지 그는 계산할 줄 모른다. 얼마가 필요한지 알고 싶어 하지도 않고, 관심도 없다. 왜

냐하면 언제고 그의 책임이 아니기 때문이다. 실제로 내가 거의 주위에서 얻어다 쓰기 때문에 우리 애들 의복비와 장난감 같은 잡비가 거의 들지 않는 우리 집이, 얼마나 최소한의 비용으로 알뜰하게 버티는지 관심조차 없다. 다른 집이 아이들한테 돈 쓰는 데 비하면, 거의 지출이 없다시피 한 우리 애들을 두고도 그는 "사교육비 지출이 너무 심하다"고 나를 비난했다.

당시에는 정부지원제도가 거의 없어 정말 비쌌지만 부모의 의무라고까지 할 수 있는 유치원비와 어린이집 비용을 두고, 나를 사교육비 과다지출하는 정신 나간 여자로 몰았다. 그가 노리는 것은 애들 교육비 조달을 영원히 내 몫으로 떠넘겨, 책임에서 벗어나겠다는 것으로 보인다.

그럼에도, 갖은 애를 써야 했다

- 다 소용없는 일이 될 때까지. 진이 빠지도록

사랑하지 않으므로 나의 고통과 불행에 무관심하다고 여겨진다.

그는 내가 아플 때조차 돌봐주지 않았다. 감기 등으로 몸져누워 있으면, 약을 사달라고 부탁하기도 전에 "넌 자고 나면 낫잖아" 하고는 그냥 제 방에 쑥 들어가버리곤 했다. 한번은 남편이 집에 있음에도, 감기몸살 증상이 생기자 남동생에게 전화해 감기약을 사다 달라고 부탁한

적이 있었다. 남동생은 집에 매형이 없는 줄 알았다가 깜짝 놀라며 어이 없어했다. 그 정도로 언제부턴가 남편은 내게 편한 사람이 아니었다.

늙고 병들기 전에 그 집에서 나와야 한다는 생각이 점점 굳어져갔다. 그는 내가 아플 때 나를 돌봐줄 사람이 아니었다. 그렇게까지 상대방에 대한 신뢰가 없는데 같이 산다는 건 무의미했다.

그러나, 반전은 없었다
- 대다수가 겪는 뻔한 결말이다.

처음에는 그렇지 않았다. 남편이 회사를 잘 다니고, 우리가 다소 거리가 떨어진 집에서 살 때는 시부모도 둘째 아들네의 삶에 그다지 관여하지 않았다. 문제는 큰딸을 낳은 이후 애 아빠가 육아의 책임을 시어머니에게 떠넘기면서부터, 나는 시어머니에게 애를 맡기기 위해 종속적이 될 수밖에 없었다. 둘째가 태어나자 남편은 더더욱 육아에 무관심해졌고, 시어머니와 시아버지의 입지는 더욱 강해지고 간섭은 더 심해졌다. 나는 마치 시부모의 아이를 잠시 맡아 보살피는 보모처럼 눈치를 보며 살아야 했다. 애들 몸에 조금이라도 상처나 이상이 있으면 가슴이 덜컥했다. 아토피 증상이 조금만 심해져도 "뭘 먹였냐?" "애가 왜 이러냐?" 소리를 들을까 봐, 어떡하면 윗집 눈을 피할까 그 궁리만 했다.

애가 아프거나 좀 안 좋을 때 애의 상태를 걱정해야 하는 게 아니라, '보는 눈'이 두려워 야단맞고 안 좋은 소리 들을까 전전긍긍하는 내 처지는 비참했다.

솔직히 뭘 하고 다니는지 알 수 없었다. 말하지 않을 때가 많았고 물어도 성질만 냈다. 카드값에 대해 잔소리하거나 따져 물으면 싸움이 났다. 묻는 것 자체를 싫어하고 월권으로 여겼기 때문이다. 그걸 애초에 잡지 못한 것도 내 실책 중 하나다. 그러나 그때부터 난 알게 되었다. 나로서는 잡을 수 없는 것임을. 그는 오랫동안 그렇게 제멋대로 살아왔고, 내가 휘어잡을 수 있는 종류의 것이 아니었다.

그래서, 당신은 이혼을 결심한 것이었다

– 익히 예상되는 일이었다. '혹시나'는 없고 '역시나'만 있다.

갈등이 생기면 성질만 낼 줄 알지 대안을 제시한 적이 없다. 그 순간 성질을 버럭 내고 회피하고 누가 대신 해결해주기를 바랐다. 문제에 대해 대화를 시도하면 "나더러 어쩌라고? 저도 못 하는 주제에!" 식의 비난과 과거사 나열만 있었고, 문제해결 능력은 없었다.

문제해결 능력은 요즘 젊은 세대가 흔히 쓰는 말로 '메타인지'라고 바꿔도 뜻이 통할 것 같다. 상대방의 입장에서도 생각할 줄 알고, 최소한 제3자적 시각으로 객관화해보려는 노력이나 시도라도 할 수 있어야 한다.

결혼에서 돈 문제는 생존이 달린 사안이고, 때로는 한 사람의 무책임으로 가족 전체가 위험해진다. 아울러 문제해결 능력이 장착돼 있지 않으면, 결혼생활 중 발생하는 숱한 문제에 대처할 수 없다. 이 또한 생존을 위협한다.

그런데, 아직도 다시 합치라는 소리에 흔들려?

- 그런 건 아침 드라마에나 있다. 이혼예능이거나.

시부모댁에 얹혀사는 신세인 우리에게는 사생활이 없었다.

그는 다시 예전의 막내아들 자리로 돌아가고, 나는 애 둘 딸린 채 그 집에 얹혀사는 기분이었다. 그때는 남편이 이 상황을 얼마나 교묘히 이용하며 혼자만 편히 지냈는지 파악하지 못했다. 날마다 술을 먹고 총각 때처럼 살았다. 구구히 설명하는 것도 치사하고 짜증나서 아예 돈 달라 소리조차 않고 살았던 내가 바보다.

한 번은 딸이 미술수업 중에 마분지를 오려 만든 인형에 자석을 붙여 냉장고 자석을 만들었다. 인형은 가족들을 그린 것이었다. 아빠와 자신의 모습 두 개를 만들었다. 다른 아이들은 모두 아빠가 크고 아이는 작게 그렸는데, 딸의 것은 아빠가 몹시 작고 아이는 컸다. 이유를 묻자 "멀리 있는 아빠"라고 대답했다. 아이는 자신의 심리적 거리감을 그렇게 정확히 표현했다.

그러니, 너무 기구한 척 말자
– 짝을 잘 만나지 못하면 누구나 겪는 일이다.

원고는 그때부터 피고를 남편으로 인정하지 않은 게 아니고, 이 사건 이후 완전히 낙담해서 무기력해졌습니다. 그나마 실낱같이 남아 있던 남편에 대한 기대도 완전히 무너졌습니다. 피고가 성인(成人)으로서 최소한의 독립성이나 책임감조차 없다는 확신이 생의 의욕을 꺾더군요.

피고가 진술한 "원고는 피고가 유학 좌절 후 낙담해 사람이 변한 것처럼 주장하나, 오히려 원고가 유학 좌절 후 피고를 더욱 멸시해 다툼을 촉발했습니다"라는 대목은 사태를 잘못 해석한 문장입니다. 피고는 '낙담'을 한 적이 없으므로 사람이 변할 리 없습니다. 낙담한 것도 원고이고, 사람이 변한 것도 원고입니다. 당연하지요. 피고는 이 유학 계획도 진지하게 세운 게 아니고, 아이가 부모에게 투정하듯이 얘기를 꺼냈다가 바로 꼬리를 내린 셈이니까요.

더는 미래를 논할 수 없다는 회의감에 원고는 결혼생활을 본격적으로 따져보게 됐습니다.

이후 피고는 상처받은 원고의 마음을 강압 일변도로 통제하려고 들었고 당연히 다툼이 잦았습니다.

그래도, 자녀는 제대로 잘 키우자

- 할 수 있다!

별거 이후, 그는 주말에 애들을 데려가면서 놀이터에 가주거나 챙기고 놀아주는 아빠의 모습에 나름 열심이다. 나는 이 또한 잘된 일이라고 생각한다. 주말로 한정돼 있기에, 아이들에게 잘할 것이다. 우리가 계속 같이 살았다면 아이들이 절대 누릴 수 없었던 보살핌이다. 지금과 같은 '주말 한정'이 그가 원하는 딱 알맞은 육아 형태로 보인다.

또, 살다 보면 좋은 날 온다

- 믿어라! 만고의 진리라잖나. 밑져야 본전?!

2. 망할 질문

여기에 답을 달고 고쳐 쓰고 다시 적어라. 날마다 끊임없이 적어야만 필력이 붙는다. 핸드폰 메모장이야말로 수시로 글을 쓸 수 있는 좋은 공책이다.

이런 망할 질문이 머릿속에서 떠나지 않는다면, 차라리 당장 나가서 30분씩 뛰는 것을 추천한다.

누구 잘못이 더 큰가?

어떻게 하면 더 객관적이고 감정이 배제된 단어들과 표현으로 결혼을 진술할지 연구하라. 때로는 건조한 표현일수록 담담해 보일 수도 있다.

입에 담기조차 민망한 말들과 부끄러운 민낯을 까발리는 데가 이혼법정이라고 착각하게 만드는 이혼예능에 대해 경각심을 가져라.

굳이 까발려야 해?

익명으로 '나와 똑같은 사례'를 찾아내고 싶겠지만 그런 건 없다! 인터넷 검색에 몰두하느라 눈에 핏발이 서겠지만, 나올 건 없다. 철저히 케이스 바이 케이스다.

나의 케이스는 나만이 진술하고 해결할 수 있다. 해당 전문가를 찾아가라.

나는 어느 순간부터 남편과 이야기할 때마다 벽과 마주하는 듯 막막해, 아이 교육문제를 남편과 상의할 수 없었다. 혼자 끙끙 앓기 일쑤였다. 정신을 차리고 보니, 교육문제뿐 아니라 생활 전반의 모든 문제에 해당됐다. 우리가 부부로 사는 한, 대화는 불가능해 보였다.

영어를 비롯해 아이에게 이것저것 가르치고 싶어 상의를 하면, "너 옛날에는 나랑 생각이 같더니 이제 와서 왜 다른 여자들처럼 속물이 됐냐? 다 필요하면 하게 돼 있어."

요즘 애들은 영어가 문화고 놀이며, 우리 때와는 달리 다들 조기교육을 한다는 내 말에 버럭 화를 내며 한 말은, "우리 애들은 가만히 둬도 저절로 잘될 수밖에 없어!"라는 무책임하고 요행만 바라는 반응이었다. 무슨 근거로 그러느냐, 어떻게 가르치지 않아도 저절로 잘할 수가 있냐고, 투자하지 않는데 어떻게 잘하겠냐고 재차 따지자, "영어 소리 또 하기만 해봐!" 하는 식으로 화를 냈다.

그 이후 사람들 앞에서도 나를 '영어, 영어' 하는 속물 취급을 해버렸고, 그는 진보적 지식인의 허울을 쓰고 '과외무용론'을 펼쳤다.

말로는 피아노 같은 예능은 가르치라고 했지만, 정작 교육비를 주지 않았다.

아니, 줄 생각도 벌 생각도 없는 듯했다. 가르치고 싶으면 나더러 벌어서 보내라는 취지였다. 아이가 피아노며 미술이며 배우고 싶은 게 많다고 하면, 나는 교육비 걱정부터 들었다. 그는 애들 교육비에 대한 개념 자체가 없었다. 주변 유치원 엄마들은 끊임없이 새로운 과외를 할 때마다 함께하자고 설득했지만, 나는 돈이 없어 참여할 수 없었다. 그가 '공교육' 외에는 돈 들여 가르칠 생각이 없다는 것을 강력하게 주장하는 이유는 책임회피에 있었다.

내가 집을 나온 이후 친지가 그를 만났을 때도 그는 이렇게 말했다고 한다.

"사과할 용의는 있다. 다만 애들 교육비가 너무 많이 드는데, 애들한테 들어가는 교육비 이상을 애들 엄마가 (지속적으로 정규직으로) 벌어온다면 화해하고 같이 살 용의가 있다."

2_ 쓰기 전에 먼저 돌아봐야 할 것들

이걸 친지들은 '사과'의 뜻으로 받아들여 나를 설득했다. 기가 막혔다. 이건 같이 살고자 하는 사람의 '사과'의 말이 아니었다. 애들 교육비에 대한 책임을 내게 뒤집어씌우려는 것에 불과했다. 나와 살고 싶지 않다는 선언이나 마찬가지였다.

옵션을 건다는 것 자체가, 내키지 않는다는 뜻이다. 게다가 그 옵션을 내가 행하지 않을 경우, 나와 살 이유가 없다는 조건부 거래다.

어차피 애들 가르치고 키우는 게 내 몫이라면, 애들과 마음 편히 자유롭게 살고 싶다.

뭔 절차가 이렇게 복잡해?

내가 이혼하겠다는데 왜 국가가 방해해? 이런 억울함이 들겠지만 법률혼은 그런 것이다. 제도와 법정을 설득할 논리 개발에 더 힘쓰는 편이 본인에게 유리하다.

내가 뭘 잘못했는데?

자기반성은 처절하게 해야 한다. 남들은 나에게 우호적일 수 있으나, 나는 내 과오에 대해 관대하면 안 된다. 목표는 어떻게든 기존의 껍데기를 깨고 나와야 한다는 점이다. 그 모든 과정을 일일이 적어야 한다. 원망이 아니라 제3자의 시각에서.

적은 내용이 쌓이다 보면 어느 순간 지겨워서라도 다른 관점의 선택을 하게 될 것이고, 그러다 보면 한 뼘이라도 나아져 있을 것이다.

치사하게 돈 땜에 싸워야 돼? - 재산분할과 위자료의 진실

재판이혼에서 위자료는 어디까지나 상징적인 명목의 돈이다. '개념'만 남아 있다고 봐도 무방할 정도다. 통상 최고금액은 5,000만 원이다. 결론부터 말하자면, 받는 사람은 거의 없다. 법률혼에서 용납할 수 없는 중혼(重婚) 정도의 심각한 사유가 있어야 겨우 지급받을 수 있다. 게다가 옛날 옛적 물가 수준에서 정해진 것을 지금도 수정하지 않고 있다. 군이 수정할 이유도 없어 보인다. 어차피 점차 파탄주의로 가고 있고, 재판의 쟁점은 '상대의 유책'이 아니기 때문이다.

적절한 재산분할은 법률혼 당사자의 권리이며 이혼 이후의 삶을 위한 필수요건이다. 깨끗이 포기하는 게 품위를 지키는 방법일지 모른다는 나약한 마음은 당장 갖다버려야 한다. '더럽고 치사하게'라는 풍문 따위는 아랑곳할 가치도 없다. 상식을 지키면서 내 권리를 행사하면 된다.

당장 수중에 돈이 별로 없다는 이유로 소송을 망설이지 않기를 바란다. 소송비용은 대개 후불이다. 나중에 재산분할을 받을 때 변호사 비용을 제하는 방식이다. 시작도 하기 전에 겁부터 내지 않아도 된다. 재산분할 액수가 크든 작든, 일종의 보상을 받고 나면 신기하게도 마음이 정리되고 상처도 나아진다.

어차피 그 돈만으로 평생 살 생각은 아니잖은가? 한동안 몸과 마음을 추스르고 아이들과 지낼 정도만 돼도 어마어마하게 힘이 된다. 사실 이 자신감과 기대감보다 더 큰 재산은 없다.

남들이 제로섬 혹은 마이너스 게임이 될 거라던 승부에서 당신의 몫을 얻어낸 것만으로도 당신은 승자다. 그러니 정정당당하게 모든 도전에 응하라.

둔감력을 키워라

둔감력(鈍感力)이란 사소한 일에 동요하지 않고 자신의 생각이나 아이디어를 그대로 행동으로 옮기는 대범함과 소신을 굽히지 않는 의지력을 뜻한다. 살아가는 데 가장 중요한 기술이라는 설명이 결코 과장이 아님을, 이혼을 결심한 당사자는 매순간 느끼게 될 것이다.

와타나베 준이치는 『나는 둔감하게 살기로 했다』 첫 페이지에서 "둔한 마음은 신이 인간에게 주신 최고의 선물이다"라고 했다. 책에서 말하는 둔감력이란 어려움에 처했을 때 주저하지 않고 나아가는 힘이다. 예민한 사람은 일이 풀리지 않을 때 심한 스트레스로 자신을 탓하거나 주위 혹은 일 자체를 탓하곤 하는데, 이게 회피로 이어지기 십상이다. 하지만 둔감한 사람은 이 또한 누구나 겪는 일이며 이 시행착오에서 얻어지는 교훈이 있으리라고 여긴다는 것이다. 저자는 단순히 오감을 무디게 하라는 게 아니라, 인생에 찾아드는 크고 작은 고난과 실패를 여유롭게 되받아치는 여유를 당부한다. 기민해야 할 때 기민하고, 신경이 곤두서려고 할 때 오히려 둔감해질 수 있는 것은 대단한 능력이다. 노력하면 능히 키워질 수 있다는 게 책이 주는 용기다.

화제의 소설 『실락원(失樂園)』의 작가이기도 한 와타나베 준이치는, 의사다운 전문지식으로 얻어낸 통찰로 둔감력의 중요성을 설명한다. 목차와 소제목을 훑는 것만으로도 유익하다. "예민함과 순수함이 당신의 함정이다", "둔감하라, 당신의 재능이 '팍팍' 살아난다."

가장 신경이 곤두설 때, 세 글자만 떠올리자. 둔감력이 당신을 그 순간 구하도록 내버려두자. 서둘러 뭘 해야 한다는 조급함을 내려놓자. 다소 시간이 흐른 뒤 문제를 점검해보면 감정과 무관하게 실제의 문제점이 보이기 시작할 것이다. 2007년에 원제 그대로 『둔감력』으로 출간된 책은 다소 투박했지만, 이 책을 알고 있다는 것만으로도 위안이 되었다.

평온할 때 평정심을 유지하는 건 누구나 할 수 있다. 외부 환경이 사정없이 나를 흔들어댈 때도 평정을 유지할 수 있으려면, 평소에 둔감력이 훈련돼 있어야 한다. 재판에 임할 때 반드시 큰 힘이 될 것이다.

근육을 키워라

　운동해야 산다. 하루 만 보 걷기라도 꼭 실천해야 한다. 컨디션이 곧 그날의 나다.

　인간은 동물이고 무엇보다 햇볕을 쬐어야 살아남을 수 있다. 특히 아침 10시 이전의 햇볕을 받아야 밤에 숙면을 취할 수 있다고 한다. 이혼절차를 진행하면서 잠을 푹 자는 사람은 드물 것이고 조금만 흐트러지면 낮밤이 바뀌기 십상이겠지만, 어떻게든 숙면을 취할 방법을 도모해야 한다. 제대로 잠을 못 자 흐려진 판단력으로는 아무것도 행할 수 없다. 생각이 엉키기 시작하면, 입은 옷 그대로 밖으로 나와서 무조건 30분 이상 걷기를 권한다. 땀이 날 때까지 걷거나 뛰고 나면 굉장히 개운해진다. 달리 더 좋은 방법은 없는 듯하다.

　『당신이 놓치고 있는 7가지 외모의 비밀』에서 하버드 의대 마리 파신스키 박사는, 우리가 몸을 활발히 움직일 때 뇌 속에서도 변화가 일어나 일을 더 잘하게 되고 질병의 위험에서도 멀어지게 된다고 했다. '아름다워지기 연습'으로 채워진 소제목을 보면 일견 미용서적 같지만 뇌가 건강해져야 몸이 건강해지고 외모가 아름다워진다는 매우 교과서적인 교훈을 의학적으로 푼 책이다. 본인이 규칙적 운동을 통해 위기의 시절을 어떻게 이겨냈고 의사라는 고된 일에도 집중하게 되었는지 체험담도 간간히 밝힌다. 단한 번의 에어로빅만으로도 우리의 정보처리 능력이 향상된다는 사실에 대해 마리 박사는 '은총'이라고 적었다.

진심으로 나는 운동을 통해 얼굴과 마음이 밝아졌고 근심도 내려놓게 되었다. 매일 마주해야 했던 고통도 점차 사라졌다. 병원을 개원하면서 나는 인간이란 한순간에 건강을 잃어버릴 수도 있는 연약한 존재라는 사실을 철저히 깨달았다.

책은 마음으로만 운동하는 사람에 대해서도 관심을 기울였다. 운동을 하고는 싶지만 하지 않는 사람들은, 일과 아이들 때문에 바쁘고 일상에 치여 사느라 여력도 없고 여유도 없는 사람들이다. 어쩌다 마음먹고 운동을 시작해 일주일 동안 꾸준히 달리기를 했더라도, 이들은 스트레스를 받으면 당장 운동을 그만둘 핑계로 삼는다고 한다. 찔리는 내용이다. 이 평계를 극복한 독한 다짐만이 운동을 지속할 수 있게 한다. 아침에 눈 떠서 일어날 힘조차 없을 정도로 피곤하거나 극심한 스트레스를 받았다면, 되레 곧장 신체 활동을 시작하라는 적절한 신호라고 한다.

움직여라! 감정을 조절하고자 한다면 계단을 뛰어오르거나 잠깐 맨손체조라도 해보자. 이런 간단한 운동만으로도 자신의 감정을 재빠르게 원상태로 돌려놓을 수 있다고 하니 얼마나 다행인가!

재판 기간은 인생에서 가장 극심한 불안에 시도 때도 없이 시달릴 때다. 여간해서는 불안감에 짓눌리지 않는 성격이었다고 해도, 재판에 임하면서 평상심을 유지할 수는 없는 노릇이다. 불안에 관해 다루는 책을 찾아 읽는 것도 많은 도움이 된다. 평소 불안이 많았던 성격이라면 더더욱 제대로 공부하고 전문가들이 권하는 치유방법을 익히는 게 좋다. 고전의 반열에 들어간 프리츠 리만의 『불안의 심리』는 인간의 불안을 깊이 연구했다. 내용이 쉽지는 않지만 읽다 보면 집중력을 최대한 발휘하게 만든다. 불안을 다루는 수많은 책이 이 책의 분류방법을 참조하고 있고, 요즘 유행인 연애 심리학 서적에서도 이 원형을 볼 수 있다. 지금 읽기 힘들면 나중에 마음이 평온해졌을 때 읽어도 좋다.

2_쓰기 전에 먼저 돌아봐야 할 것들

크리스 코트먼, 해롤드 시니츠키의 『불안이라는 자극』에는 우리의 신경기관은 현실과 상상을 구별하지 못한다는 말이 나온다. 우리가 뭘 생각하고 믿고 따르든 어떤 생각을 곱씹든, 우리 몸은 모든 최악의 두려움을 곧 들이닥칠 현실이라고 느끼게 된다는 사실이다. 본인의 생각을 바꾸는 것이 현실을 바꿔나갈 유일한 방법이다!

중독 심리학자 저드슨 브루어의 『불안이라는 중독』은 '불안의 가속페달을 멈추고 원하는 삶으로 나아가기 위한 마음 백신'이라는 홍보 문구를 달고 있다. 최근에 나온 책이라 환자들의 고민이나 행태도 요즘의 일상 속 문제들이다. 자신을 지배하는 걱정 습관 고리를 얼마나 오래 갖고 있었는지 물으면 대부분 '평생'이라고 대답한다는 저자의 설명은 놀랍게도 놀랍지 않다. 우리 자신이 그런 상황이니까! 뒤이어 프로그램 처방을 얼마나 실행했는지 물으면 대개 2주나 3주라고 대답한다는 것이다. 한 달도 못 가 '실패'를 단정 짓는 것 또한 본인이라는 얘기다.

단지 습관 고리를 풀어내고 그것이 아무 가치도 없다는 사실을 깨닫는다고 해서 오랜 세월 동안 자리 잡은 습관이 마법처럼 사라지지는 않는다. 이 대목에서 인내가 필요하다. 깊이 자리 잡은 습관의 경우,

뇌가 아무 보상이 주어지지 않는다는 사실을 거듭 확인해야만 오래된 습관을 따르지 않는 새로운 습관이 자리 잡는다.

그러니까 '보상 없음'을 충분히 자주 많이 알리는 새로운 신경 경로를 뚫어야만, 그 경로가 자동으로 새로운 행동으로 연결된다는 전문가 소견이다. 이런 과정에서 사람들은 환멸을 통해 습관 고리에서 빠져나온다고 한다. 악순환과 환멸이 새로운 경로를 만드는 데 필수적인 유용한 수단이라는 점에서 그야말로 위로가 되는 연구다. 운동으로 근력을 키울 때처럼, 정신적 근육을 강화할 때도 반복은 통한다니 '근육'부터 만들고 볼 일이다.

살면서 행하는 많은 일을 정신력이나 의지로 처리하는 것 같지만, 사실은 몸이 하는 일이고 체력이 뒷받침되지 않으면 정신력이 무너지는 건 순식간이다. 모든 절차를 시작하기에 앞서, 꾸준히 할 수 있는 가장 손쉬운 운동방법과 시간부터 정하고 규칙적으로 실행하자. 나도 동네 주민센터에서 8년째 요가를 하면서 많은 도움을 받았다.

담력을 키워라

지금 해야 한다고 여기는 그 일을 하라. 재판을 시작한 것이 내 인생 최고의 담대한 행동이었다.

어느 쪽이 더 괴로울 것 같은가? 결혼을 유지하는 쪽과 이혼하는 쪽! 제대로 저울에 달아보라. 어느 쪽도 결코 가볍지 않겠지만 더 무거운 쪽은 분명히 있다. 이 차이를 간과해서는 안 된다.

내가 가진 패를 정확히 알고 끝까지 활용해보는 것 또한 실생활에서의 담대함이다. 처음부터 좋은 여건은 아니었을지라도 점차 나아지는 쪽으로 흐름을 이끌어가면 된다. 기타노 유이가 『나를 죽이는 건 언제나 나였다』에서 이렇게 말한다.

우리는 주어진 카드로 인생을 살아갈 수밖에 없다.
중요한 건 내가 가진 카드의 사용법을 아는 것이다.

곱씹어라, 쓴맛에 치가 떨릴 때까지

1. 왜 이혼하려 하나?

'굳이'가 중요하다

번거롭고 귀찮아서 결혼생활을 그대로 유지한다고 말하는 이들이 많다.

"이제 와서 굳이 이혼하기도 그렇고…."

그런데 당신은 '굳이' 그 모든 귀찮음과 수고로움을 무릅쓰고 이혼을 하려 한다. 방점은 그 '굳이'에 찍힌다.

헤어지게 된 과정도 그렇지만 이후 행보에 주목하면 상대방의 진면목이 보인다. 당신도 오랫동안 알면서 못 본 척해왔지 않은가. 이혼 후 차이란 상대방의 그런 모습을 다른 사람들까지 모두 알게 됐다는 정도다. 예전엔 당신 혼자 속이 썩어문드러져도 대문 밖으로 새어나가지 않도록 삼켰던 가정 내의 비밀이 아니던

가. 그 먹구름 같은 나날을 폭로했을 뿐 없던 먹구름이 새로 발생된 것은 아니다.

여자의 '지팔지꼰' 순간

자기 자신을 과소평가할 때 사람은 판단력을 상실한다. 〈우리 이혼했어요〉라는 프로그램만 봐도 느껴진다. 당대 최고의 스타였어도 피해가기 어려운 약한 고리다. 자기 팔자는 자기가 꼰다는 뜻의 신조어 '지팔지꼰'은 남녀관계에서 꽤 들어맞는 말인 듯하다. 상황이 악화될수록 더 미련을 갖고 매달리는데, 나한테 남은 건 이것밖에 없다는 불안감에 잠식당할 때 특히 그러하다.

- 그의 요구대로 맞추고 맞추다 안 되면 매달리고 헌신한다.
- 주위의 동성 지인들에게 번지수 안 맞는 조언을 구하고 '표준'이라 여기는 지점에 자신을 어떻게든 끼워 맞추려고 든다. 그 와중에 상대방에겐 더 쉬운 여자(남자)가 된다.
- 성급해져서 가장 나중에 할 일을 가장 먼저 해버린다. 이를테면 성급한 잠자리?
- 나는 이미 틀렸다는 비관적 자기암시?
- 내가 상황을 결정하는 게 아니라 상황이 나를 결정하게 한다.

• 모두에게 잘 보이고자 한다. 나 자신만 빼고!

윤여정은 한국 배우 최초로 아카데미 여우조연상 수상이라는 찬란한 성과를 냈다. 역사에 길이 남을 배우로 새겨진 것이다. 그의 인생은 여러모로 뜻깊다.

당사자에겐 최악의 배우자일지라도 연애할 때는 최고의 낭만적 연인이었을지 모른다. 어쨌든 결혼생활에는 부적합한 면이 많았고, 윤여정처럼 대단한 배우도 이혼 후 홀로 자녀 양육을 도맡아 했다. 언뜻 상대방의 무책임이 짊어지운 인생의 무게를 벗지 못한 비련의 주인공 같기도 했다. 자녀가 성년이 될 때까지는 이 멍에를 져야 하며, 먼 훗날에 대한 꿈으로 버티면서 현재의 가망 없음을 이겨내야 하는 나날이 스타에게도 예외는 아니었다.

그러나 인생이란 또 그리 간단치 않다. 끝날 때까지 끝난 게 아닌 것이다. 이토록 찬란한 후반전이 마련되어 있을 줄 아마 본인조차 몰랐을 것이다.

윤여정에 관한 이야기들은 알면 알수록 사무치게 감동적이다. 자기 자신에게 떳떳한 삶을 향해 걸어온 한 걸음 한 걸음이 그 멋진 여정(旅程)을 이루어냈다.

2. 무엇이 되어 있고 싶은가?

적어도 지금 이 모습만은 아니라는 확신이 있었다.

그리고 이게 다는 아니라는 믿음도 있었다.

그 어디가 됐든 여기보다는 나을 것이며, 어떤 형태로 살아가든 당시의 나보다는 나을 것 같았다. 아마도 내 평생 가장 이성적인 순간이어야 했다. 모두에게 그러할 것이다. 죽느냐 사느냐의 고뇌는 햄릿만의 전유물이 아니었다. 머리로는 알고 있었다. 하지만 머리로만 알 뿐이다.

당시 나는 끓는 활화산 구덩이를 발치에 두고 내려다보는 사람의 심정이었다.

당장 뛰어내리고 싶은 충동이 수시로 치밀었다. 이래도 죽고 저래도 죽을 것 같은 게 차라리 가장 명확한 현실 파악 같았다.

냉정해지면 곧 비참함이 몰려왔고, 희망을 가져보려 하면 내가 제정신인가 의구심이 들었다.

어쨌든 솟아날 구멍의 시작은 이 문서 작성을 끝내는 것이었다. 임무이자 과제였다. 당시엔 그것만이 나 자신과 아이들을 위한 최선의 책임감 발휘였다.

미치기 일보직전인 나를 달래어, 글을 끝내야 했다.

일단 문서 작성을 끝내야 다음이 있었다. 다음 순서부터는 변호사와 상의해서 정하면 될 일이니, 적어도 혼자만의 몫은 아니다.

이미 망한 혼인관계를 어찌할 것인가? 고쳐 쓸 수 없다.

사이가 원래부터 이렇진 않았더라도 언젠가부터 변질되었음이 역력히 드러날 것이다. 너무 슬퍼할 필요는 없지만, 정 슬프거든 한동안 애도하고 잘 보내주는 것도 좋다.

과거는 과거고, 현재는 현재다. 여전히 빛나는 부분은 빛나고, 추한 부분은 추할 뿐이다.

내가 스스로 눈감았던 터널 구간이 비로소 선명해지는 것뿐이다. 놀랍게도 내가 가장 몰랐던 건 나 자신의 '오래전 선구안'이다. 누르고 덮어 더 진전되지 못하게 막아둔 육감이다. 본인의 안목을 애써 무시한 대가는 심각하다.

결혼진술서를 쓰다 보면 놀랄 것이다. 상대방이 새로이 발견되는 게 아니다. 이미 다 있던 증거 정황이고 뻔히 읽히는 심리상태였다. 다만 내가 눈을 질끈 감아왔을 뿐이다. 모른 척이 오래되어 진짜로 눈이 어두워지고 못 보게 될 때까지 자기 자신을 무디고 어리석게 만들었을 뿐이다. 어쩌면 이것이 가장 충격적인 깨달음이었다.

배워라

1. 같은 실수를 되풀이하지 않는 법을!

빗나간 관통상이었을지 모를 소설, 『새의 선물』에 관해

『새의 선물』이라는 재미난 소설이 있었다. 1995년 문학동네 문학상 1회 수상작이자 작가 은희경의 출세작이다. 나는 이 소설책을 나오자마자 사서 단숨에 읽었다. 홀딱 반해서 이야기에 빨려 들어갔지만 나오려니 한없이 발이 푹푹 빠지는 무력감이 뒤따랐다. 그런 마력의 소설이었다. 최근 100쇄를 찍었다는 기사가 났다. 이 정도면 문학을 넘어 사회학의 영역으로까지 번져간 소설이라고 여겨진다. 『새의 선물』 개정판 표지에는 이런 글귀가 적혀 있다.

"나는 삶을 너무 빨리 완성했다. '절대 믿어서는 안 되는 것들'이라는 목록을 다 지워버린 그때, 열두 살 이후 나는 성장할 필요가 없었다."

아주 늙은 앵무새 한 마리가
그에게 해바라기 씨앗을 갖다주자
해는 그의 어린 시절 감옥으로 들어가버렸네
_ 자크 프레베르, 「새의 선물」 전문

책갈피를 넘기자마자 나오는 시다.

이 알듯 모를 듯한 시가 주는 이국적 느낌의 '씨앗'과 '새'의 이
미지가 주는 일종의 몽환 속으로 독자는 들어갈 준비를 갖추고
다음 페이지로 넘어간다.

차례를 보면 프롤로그가 나온다. 마치 소설이 아니라 자서전
같은 양식이다. 프롤로그 제목은 도발적이고 선언적이다. 지금도
그러한데 당시 독자들의 충격은 오죽했으랴. "열두 살 이후 나는
성장할 필요가 없었다."

성에 대해 남자와 여자가 서로에게 반해 사랑한다고 믿는 그
뜨거움의 실체에 대해 여성 입장에서 냉소적으로 분석하고 확대
경을 들이댄 어쩌면 한국문학으로선 첫 소설이었다. 똑똑하고 자

099
2_ 쓰기 전에 먼저 돌아봐야 할 것들

의식 강한 여성 화자는 남녀관계에 대한 혐오조차 '모던'하게 보일 정도의 문장력을 구사했다. 심지어 그 현란하고 세련된 말투가 열두 살 여자아이의 것이라니! 그것도 열두 살에 이미 다 커버린 성숙한 자아라니!

아줌마의 그런 마지막 결심까지도 무너진 것은 그날 밤이었다.

"그날 밤 둘째를 가졌어요."

"제가 미쳤지요. 재성이 아빠가 이제 마음잡고 재미나게 살아보자고 하는데 그 말을 들으니까 꼭…"

드디어 아줌마의 뺨 위로 눈물 한 줄이 흘러내렸다.

"꼭 처음 청혼받는 기분이었어요."

이 책을 쓰기로 마음먹었을 때, 이 소설이 불현듯 먼 기억 속에서 솟구쳐 올랐다. 다시 펼쳐 읽는 동안 소스라치게 놀라고 말았다. 가끔 아무리 많은 책을 읽었어도 마치 평생 한 권의 책만을 읽은 듯 그 관념에 사로잡힌 사람들을 본다. 내 또래 무수한 여인들의 살아온 행로를 보면 우리는 이 소설을 읽는 순간, 새의 선물이 물어온 주술에 사로잡혔음을 인정하지 않을 수 없다.

리드미컬한 문장들과 입에 딱딱 떨어지는 구어체 대사들과 갖은 인간군상의 내밀한 속내를 보여주는 설정의 매혹 탓에, 그 소설 속 어떤 구절은 읽는 순간 스캔하듯이 뇌리에 아로새겨졌다. 우리 자신도 모르게 새의 부리에 콕콕 쪼인 것처럼. 그것은 인습과 새로운 관념 사이를 떠돌다 이내 지치고 만 우리들의 부박한 '씨앗'이었다. 더 치열하게 더 절실하게 뿌리내릴 땅을 일구었어야 했건만, 쉽사리 인습에 기댔다.

이제는 이 주술에서 벗어나야 한다. 모더니즘과 새 시대에 대한 공부를 사회과학 서적이나 체험이 아닌 소설에서 배우려 했던 우리들의 어리석음도 반성하자. 프롤로그를 쓰면서 다시 읽어본 소설의 문장들 앞에서 줄거리나 이름들은 다 잊었는데, 그 냉소와 자기혐오가 뒤섞인 분위기와 암시 같은 '결론'은 고스란히 기억났다. 특히 소설 속 한 사람의 행로에 대해서는 여전히 착잡했다. 광진 테라의 그녀였다.

남편과 헤어지기로 마음먹고 집을 나갔을 때, 문고리 밤새 그러쥐다가 그의 감언이설에 녹아 문을 열어주고 그날 둘째를 바로 임신하고…. 영원한 굴레 속으로 들어간 재성 엄마 순분 씨. 이제는 말할 수 있다. 그녀가 택했어야 했던 올바른 방법이 무엇인지.

첫째, 환한 대낮에 읍내 다방에서 만나자고, 그때 만나서 얘기하자고, 안 그러면 다시는 못 볼 줄 알라고 딱 부러지게 말했어야 한다. 그때도 성실히 미래를 약속할 것인지 대낮에 각서를 받았어야 했다.

둘째, 남편과 계속 살 마음이 있는지는 기간을 두고 냉정히 볼 문제였다.

반년은 더 지켜보겠다, 재성이와 당분간 친정에 머물 테고, 숙박은 안 되니 애를 보러 잠깐씩만 방문하라고 먼저 제안했어야 한다. 약속이 지켜지지 않을 시, 재판이혼을 준비해야 할 차례였다.

셋째, 소설 속 그녀가 택했고, 많은 여자가 팔자소관이라며 몸을 던지는 그 방식만은 절대로 택하면 안 되는 거였다. 그런 식으로 둘째를 갖다니! 아이 하나 더 낳는 게 해결책인가?

변호사가 가르쳐줬을 법한 '외운 말'만 해야 했다. 가지 말아야 할 경로는 과감히 삭제하라.

한 번쯤 '같은' 기시감의 순간이 온다 해도 그때 '외운 말'을 외운 그대로 해보라. 입에 전혀 붙지 않는 문어체여도 상관없다. 상대에게 뜻이 전달되면 그만이다. 이후에 뭐가 올지 궁금한가? 나머지는 그 말을 해본 이후에 맡겨라. 조만간 '외운 말'의 효과를 톡톡히 보게 될 것이다. 아마도 다음 날 대낮이 되기 전에 모든 감

102

결혼진술서

상의 찌꺼기는 제거되어 있을 터이고, 당신은 깨닫게 될 것이다. 몇 마디의 감언이설이 오갔을 뿐 달라진 건 아무것도 없다. 재판이 끝나기 전까지는 긴장을 풀지 말고 외운 대로 행동해야 한다.

2. 이혼숙려제에 대하여

대한민국의 이혼방법은 크게 3가지다. 협의, 조정, 소송이다. 협의이혼(協議離婚)은 당사자들이 서로 협의하에 이혼하는 방법을 말한다. 합의이혼이라고 부르기도 한다. 사전적 풀이는 "법률 부부가 서로 의논하여 행하는 이혼"이다. 단어의 뜻은 아름답지만, 실제로는 '협의'도 합의(合意)도 의논(議論)도 전혀 이루어지지 않는 경우가 부지기수다.

협의이혼은 두 사람이 모두 이혼에 동의하고 이혼조건에도 동의할 때 가능하다. 이혼의사는 있으나 조건이 '협의'에 이르지 못해 재판으로 가곤 한다.

협의이혼은 가장 신속한 이혼진행 방법이다. 이혼신고서를 비롯한 각종 서류를 준비해 주소지 관할 법원에 방문해 서류를 접수하면, 숙려 기간을 거쳐 진행된다. 숙려 기간은 미성년 자녀가 있으면 3개월, 없으면 1개월로 설정돼 있다. 강제설정이다. 숙려 기간이 경과하면 출석기일에 두 사람이 함께 법원에 출석해 이혼 의사를 재차 확인하고 '협의이혼의사확인서'를 교부 받은 후 관할 구청에 신고하면 된다.

현행 이혼숙려제는 원래부터 있던 제도가 아니다. 시행의 역사는 다음과 같다. "이혼이 일반화되고 특히 협의이혼 비중이 날로 증가하면서, 숙고(熟考)하지 않은 이혼에 대한 제도적 제동장치가 필요하다는 의견이 대두되었고, 이에 대한 대안으로 2007년 12월 2일 자로 민법이 개정되어 2008년 1월 1일부터는 이혼숙려제도가 강화되어 시행되었다."

주지하다시피 일단 생긴 제도는 여간해서는 없어지지 않는다. 이혼숙려제는 내 생각에는, 분기별로 이혼율 발표가 되는 통계자료를 잠시 뒤로 늦추는 효과를 위해 고안된 교묘한 장치 같기도 하다. '이혼 줄었다' 그 한 줄의 발표를 위해서였을 거라는 예측대로 다음 분기에 대서특필되는 것을 보았다.

실제 이혼하려는 당사자들이 겪을 고통과 부작용에 대해서는 관심 없는 것 같아 속상한데, 이걸 더 유지해야 할 정당성이라도 있는지 반드시 재고되기를 바란다. 심리적으로 힘들고 외로울 때라, 지치고 위축되다 못해 이 기간에 더는 하루도 못 버티고 자신에게 불리한 일탈행위를 하는 경우가 꽤 있다. 양육비 책정이나 지급이 그 '숙려' 기간만큼 지체되는 까닭에, 당사자에게는 이중의 억압이다. 미성년 자녀가 있다는 이유로 말하자면 '창살 없는 감옥' 같은 비참한 생활이 세 배로 늘어야 할 근거가 무엇인지 되묻고 싶다. 미성년 자녀의 양육 대책부터 마련하고 나서 강제조항을 만든 것도 아니기에 원성만 자아내는 제도다.

게다가 숙려 기간은 엄연한 '결혼 중'이다. 예전에 간통죄가 있던 시절에는 이 기간에 정신적으로 허약해져서 의지할 이성을 찾다가 돌연 '유책 배우자'로 간주되는 경우도 드물지 않았다.

개인적으로는 악법이라고 생각한다. 나는 재판을 한 경우라 1개월의 대기 기간을 지켜야 했다. 1년여의 재판을 거치며 이미 지칠 대로 지친 터라, 그 한 달은 하루가 1년 같았다. 재판만 끝나면 되는 줄 알았기에 예상 못했던 한 달의 기다림은 너무나 힘들었다. 법률로서 효력을 가지려면 1개월 후에야 신고가 가능하다지만, 세상의 모든 절차가 개인의 이혼을 (강제로라도) 막기 위해 끊임없이 장애물을 설치한다는 생각마저 들었다.

3개월의 숙려 기간은 협의이혼이라는 긴 터널을 통과한 당사자들을 어린아이 대하듯 강제로 '재차 확인'한다는 점에서 민주주

의에 위배되는 인권침해에 가깝다고 본다. 이혼신고서 제출하기
는 이렇게까지 어렵고 복잡한데, 결혼과 재혼의 신고는 너무나 간
단하다. 아무도 '재차 확인'은 하지 않는다. 재판을 아무리 길게 했
어도, 양방이 모두 3개월 내 이혼신고를 하지 않으면 재판의 효력
은 자동 상실된다. 거의 모든 절차가 '숙고'를 하든 '깜빡 잊든' 이
혼 결정이 공염불이 되기를 바라는 듯싶은 형국이다.

　아래의 글은 이혼숙려제가 막 도입된 시기에 하필 이혼재판
을 시작하기로 한 나의 심경을 칼럼 형태로 적어 어딘가에 보냈
으나 실리지는 않았던 글이다. 내 수중에 결혼진술서는 있었지만,
아직 소송이 시작된 것은 아니어서 글이 꽤 감정적이다. 2009년
12월 16일에 작성했다. 아무도 보지 못한 글이고 여기서 처음 공
개되는 글이다.

이혼숙려제를 다시 숙고하자

경솔한 이혼은 없다. 적어도 한국사회에서 충동적으로 '홧김'에 이혼
하는 사례는 드물다. 그럴 만큼 한 개인이 결혼으로 인해 맺게 되는
인간관계들이 단순하지 않다. 우리 사회는 결혼과 이혼을 당사자 두

사람만의 일로 여기지 못한다. 이혼 결심은 본인이 인내의 한계에 이르러서야 하는 게 보통이다. 여성상담센터 현혜순 소장은 "여성들의 경우 지독해야 이혼을 할 수 있다는 말을 할 정도"라며 경솔한 이혼은 없다고 못 박았다. 설사 만에 하나 충동적으로 이혼했다 쳐도 확정 전에 번복할 수 있는 제도적 보완은 이미 충분하다. 우리 사회에 미비한 것은 제도적 이혼을 '실수'로 막지 못하는 틈새들이 아니다. 결혼과 배우자에 대한 남녀 간, 세대 간의 골 깊은 인식 차이를 좁혀 보려는 노력의 부재다.

1. 3개월, 왜 기다려야 하는가?

지난 4월 통계청은 "2008년 이혼통계 결과에 따르면 지난해 이혼은 11만 6,500건으로 2007년(12만 4,100건)보다 7,500건(6.1%) 줄었다. 이는 1998년(11만 6,300명) 이후 가장 적은 규모"라면서 대대적으로 홍보했다. '이혼숙려 기간제'가 효과를 냈다는 보도가 연일 대서특필되었다. 그러나 몇 달 후 2009년 8월 이혼 건수는 9,500건으로 전년 동월보다 무려 54.7%나 증가했다. 통계청은 "8월 이혼 건수가 전년 동월에 비해 크게 늘어난 것은 지난해 6월부터 도입된 이혼숙려제 여파로 지난해 8월의 이혼신고 건수 공백이 생겼기 때문"이라고 설명했다. 조삼모사가 따로 없다. 결국 내용 면에서 전혀 효과를 거두지 못하는 제도가 3개월 지연 기간 때문에 한꺼번에 신고된 것이다.

2. '경솔한 이혼', 누구의 판단인가?

결혼과 이혼이 아무리 제도의 영역이라 해도, 국가가 강제하고 억제하려 들 때는 기본권 침해를 우려해 최대한 신중해야 한다고 본다. 이처럼 이혼을 무조건 막으려 들 때는, 이혼자들을 문제 있는 사람들로 보는 우리 사회의 편견을 법이 악용하는 것으로 보인다. 그렇지 않고서는 이혼을 둘러싼 양육문제 등 복지 대책은 등한시하면서 이혼숙려 기간만 '성급히' 정할 수는 없었을 것이다.

하지만 이혼숙려 기간이 이혼 당사자의 의사결정권을 침해할 뿐만 아니라 이혼 후 삶에 대한 지원을 하지 않아 결국 이혼 당사자들을 곤란하게 하는 제도라는 지적도 있다. 권정순 변호사(법무법인 로텍)는 "숙려 기간이 '이혼의사' 자체를 재고하라는 의미를 담고 있다면 무의미하다"며 "다만 협의이혼의사 확인 전 일정 기간 조정, 교육 등의 절차를 거쳐 협의이혼 당사자들에게 관련 정보를 제공하기 위한 기간은 필요하다"고 말했다. 법원이 해야 할 임무가 정보제공과 이후의 생활 안정 쪽에 무게를 두어야 한다는 뜻이다.

한국한부모가정연구소장 황은숙 박사는 "이혼숙려제로 인해 이혼의

사를 철회했다가 이후 재차 가정법원을 찾아 이혼절차를 밟는 사람들이 있다. 이들은 부부 갈등이 완전히 해소되지 않은 상태의 재결합은 시간 낭비로 끝날 공산이 크다고 말한다. 이혼숙려제는 이혼을 일시적으로 억제할 뿐 이혼의 원인과 치유에는 소홀하기 때문"이라고 지적했다.

'이혼숙려제의 부정적 효과는 무엇인가?'라는 질문에 33%가 '개인의 행복추구권 및 선택권 박탈'이라고 답했고, 뒤를 이어 '숙려 기간 동안 당사자들의 고통 가중'(30%), '이혼 전 상담 전문성·체계화 결여'(20%), '시간·비용 낭비'(12%), '기타'(5%)의 순으로 나타났다. 이혼숙려제가 3개월마다 바뀌는 숫자놀음이 되지 않으려면, 이혼 당사자들의 입장에 귀 기울이는 제도로 거듭나야 할 것이다.

상상력도 힘이다

1. 그림책 『따로 따로 행복하게』

소송이 시작되기 전 아이가 놀이치료를 다닌 마음 클리닉에서 선생님께서 마지막 시간에 내게 알려주신 그림책이다. 무엇보다 진지하면서 유쾌하다. 발상의 전환인 동시에 아이들이 처한 고민을 충분히 헤아리게 한다. 아이들과 함께 읽고 또 읽고 주변에도 권했다.

지은이 배빗 콜의 글과 그림은 다소 파격적이어서 오히려 설득력이 높다. 이혼을 할 수밖에 없을 지경으로 취향이 천지 차이인 부모의 모습을 아이들도 인정한다. 적나라하게 표현된 그림은 과장이 심하지만, 심리적 단절감과 거리감을 단번에 알아듣게 한다. 부모야 따로따로 집을 짓고 산다 쳐도, 아이들은 두 집을 왔다 갔다 하면서 잘 성장하기 위한 지혜를 모아야 했다. 아이들은 친구들과 열띤 대토론회를 거쳐 부모에게 당당히 제안한다. 성대한 '끝혼식'을 열어 이 상황을 모두가 받아들이게끔 시간을 갖자는 취지였다. 결국 아는 사람을 몽땅 불러 결혼식보다 더 화려한 끝혼식을 정성껏 치른 뒤 부모도 아이도 '따로따로 행복하게' 일상을 이어간다는 그림책이다. 두고두고 여운을 주는 이야기다.

2. 아이들과 알콩달콩 살아갈 새 일상을 연상하라

연상만으로도 힘이 난다. 그 위로는 생각보다 크다. 내가 가장 힘들 때, 가장 원하는 상태를 연상하는 것만으로도 당장의 고비에서는 한숨 돌릴 수 있기 때문이다.

나는 버릇처럼 '이혼신고서'를 구청에 가서 접수하는 디데이에 대한 연상을 수시로 했다. 꽤 달콤했다. 그날 하루를 어떻게 보낼 것인지, 접수 직후에는 무엇을 할지 상상만으로도 힘이 났다. 실제의 '그날'은 구청 앞 카페에서 커피 한 잔을 마신 뒤 아이가 돌아올 시간에 맞춰 마중나간 매우 평범한 일상이었지만, 그럼에도 그 커피가 기억에 진하게 남아 있다. 오롯한 자유였다. 어깨를 짓누르던 고민과 당장의 경제적 압박에 대한 해결책이 마련됐으니 그 얼마나 축하할 순간인가. 아이들과 새로운 일상을 하나하나 차근차근 계획하고 실천할 일만 남았다는 생각에 가슴이 벅찼다. 이사를 비롯해 수많은 과제가 줄을 잇겠지만, 분명한 것은 이제부터 올 일은 미래를 위한 한 걸음 한 걸음이라는 사실이었다.

3. 힘에 부칠 때, 그때가 전환점이다

우리나라의 사회복지는 아직 미비하다. 사실상 이혼 후에 기댈 데는 '친정복지'밖에 없을 수도 있다. 계속 나아지고는 있지만 한부모가정에 대한 사회복지 혜택은, 불쌍한 상태로 떨어져버린 지경이어야 받을 수 있는 것을 기본으로 삼는다.

싱글맘에게 우리나라는 아직 친정복지 국가다. 당연히 외조부모도 힘들기 때문에 이로써 엄연히 계층이 존재하는 사회구조 속에서 아이들에게 일찌감치 체념부터 배우게 만드는 것만 같은 슬픈 생각이 든다. 아이도 본인도 꿈을 크게 품고 사는 것은 만용으로 보일 지경이다. 자신이 처할 입장과 사회 전체 속에서 나를 끊임없이 돌아보는 냉철한 훈련이 지속적으로 요구된다.

결혼진술서

모든 게 못마땅해 자녀에게나 주변에 잔소리를 늘어놓고 끊임없이 불평불만을 말할 때가 있다. 흔히 우리는 이럴 때 자신이 에너지가 넘쳐서라고 여기기 쉽다. 너무나 지쳐서 오직 입으로 말을 하는 것 외에는 기운이 남지 않은 에너지 고갈 상태라는 게 진실이다. 이럴 땐 말을 멈추고 조용히 에너지를 모아야 한다. 인간은 힘이 있을 때만 일어나 행동할 수 있다.

트라우마 전문가인 로라 판 더누트 립스키는 『사실은, 많이 지쳐 있습니다』에서 사람은 의외로 자기가 언제 한계점에 다다를지 눈치채지 못한다는 사실을 지적한다. 작가 존 티어니의 말을 재인용해 자아고갈에 대해 설명한 부분은 인상적이다. "뇌의 조절기능이 약해지면 좌절하는 순간에 여느 때보다 더 짜증스러워진다. 먹고, 마시고, 소비하고, 어리석은 말을 하고 싶은 충동이 더 강하게 일어난다."

자아고갈은 한 가지 감정이 아니라 모든 감정을 더 강렬하게 경험하는 식으로 나타난다고 한다. 남이 보기에는 물론이고 본인조차 '고갈'이 아니라 매우 활발한 활동으로 착각할 수 있겠다. 알아채지 못하니 스스로를 같은 방식으로 '부려먹기'하는 악순환에 빠지곤 한다.

4. 자기연민에 대하여

스스로를 불쌍히 여기는 한 정말로 작성하기 어려운 글이 결혼진술서다. 재판과정에서도 최대한 이성적이어야 하기 때문에 되도록 자기연민은 배제하는 게 낫다. 적어도 재판과정에서만은 감정을 잘 조절하고 관리해야 본인에게 유리하다.

인생 초기에 그리고 평생토록 내가 사랑했던 이들은 자기연민의 특성이 강했다. 다정과 잔정과 자기연민은 사실상 구분하기 어렵게 붙어 다녔다. 그들을 사랑했고 그들의 슬픔과 아픔과 자기연민까지도 내가 얼마나 깊이 사랑했는지 모른다. 그래서 같이 잠겨주었다. 그때는 기꺼이.

사랑의 끝물로 혐오가 튀어나온 게 아니라, 이러다간 같이 익사하고 만다는 생존본능이 나를 밀어 올렸다고 생각한다. 애착이 나를 가라앉히고 말 위협이 되었을 땐 서로를 잇던 끈을 끊어야 했다. 자기연민에 대해 다시 생각한다. 마치 태생적인 습성 같았던 그 공기에 나는 언제부터 왜 질식당하게 된 것일까?

어쨌든 체질이 변해버린 나는 더 이상 거기서 살 수 없었다. 목숨이 달린 문제였다.

5. 의존성에 대하여

한 번만 진정으로 받아들여지는 경험을 하고 나면 사람은 그토록 애걸복걸하던 의존의 대상으로부터 뚝 떨어져 훌훌 털고 걸어갈 수 있다. 처음부터 독립적인 사람이 어디 있으랴. 잠시여도 아무런 조건 없이 타박 없이 온전히 받아들여지는 경험이 필요할 뿐이다. 상황이 여의치 않다면, 내가 나를 정성을 다해 따뜻이 품어주면 된다. 내가 나를 아껴주는 방법도 반드시 배워 익혀야 할 기술이다. 상처받았을 때 스스로를 비난하지 않는 것만으로도 치유가 시작된다. 이혼을 결심했을 때 주위로부터 숱하게 들은 말이 있다.

"너는 곱게 자라서 뒷심이 약해."
"너는 의존적이잖아. 할 수 있겠어?"

그때 곧바로 되받아친 말이 있었다. 나도 모르게 튀어나온 말이었다.

"한 번만 받아주면 된다고요. 잠깐 기댔다가 다시 자기 길 가는 거예요. 처음부터 독립적인 사람이 어딨어요?"

입 밖으로 튀어나온 그 말을 이후로도 오래 곱씹었다.

"나는 누군가에게 기대야 할 만큼 충분히 의존적이지만 혼자 잘 걸을 만큼 충분히 독립적이다."

그 말을 외워 스스로에게 들려주곤 했다. 마음이 약해질 때마다.

6. 섹스에 대하여

세상에 그처럼 집중력 강한 행위가 또 있을까.

내가 빠져들었던 건 황홀경이라기보다는 생각이 멎고 내가 없어지는 무념의 경험에 대한 몰입이었다. 그런 감각을 알게 해주다니 그 남자야말로 '찐사랑'이라고 여기고 싶었던 것 같다(초심자의 어리석음이다).

역설적이게도 이 과도한 몰두에서 벗어나게 된 것은 이런 자문이 들면서였다.

"섹스가 별건가?"

평서문을 의문부호 붙여 질문 하나 던져보니, 의외로 별것 아니었다. 제 발로 구덩이로 들어간 나를 이제는 빼낼 차례였다.

7. 신화 읽기에 대하여

도저히 이해되지 않는 관계와 세상사에 관한 풀이 방법으로 탁월하다. 신화란 어쩌면 이야기의 시작인 동시에 이해과정의 마무리다.

물론 절차탁마의 기간을 거친 후에야 알맹이 맛을 볼 수 있다.

그제서야 신화의 메타포와 위트에서 인류가 쌓아온 지혜의 퇴적층을 보게 된다.

신화 속에서 자주 등장하곤 하는 '변모'란 변화를 기대조차 하지 않고 시간도 재지 않고 묵묵히 임무를 수행했을 때 불시에 주어지는 뜻밖의 선물이다.

8. 자유에 대하여

모든 아이는 처음에는 부모에게 잘 보이기 위해서 칭찬 듣고

예쁨 받고 싶어서 어떤 선택을 하고 갖은 애를 쓴다. 그러다 때로는 친구를 위해, 연인을 위해, 언젠가는 자기 자신만을 위한 선택을 무릅쓰게 된다. 부모를 울리고 기존의 모든 관계와 헤어져야하는 선택조차 본인 자신을 위해서는 해야 할 때가 있다. 선택이란 이런 것이다. 일단 시작해야 일단락이 지어진다.

멜로디 비에티의 『공동의존자 더 이상은 없다』에 이런 구절이 나온다.

유일한 탈출구는 끝에서 끝까지 관통해나가는 것뿐이다.

단 한 가지밖에 할 수 없는 그때마저도 자유라는 것을 살다 보면 알게 된다. 할 수 있는 게 있지 않은가! 그 하나를 하고 나면 그 뒤에 뭐가 올지는 정말로 내 손을 떠난 문제다. 미리 예측해봐야 소용없으니 그냥 하고 나서 기다리면 된다.

나는 아주 오랫동안 (명실상부한) 작가가 되라는 과제를 해결할 듯 해결하지 못했다. 곧 마쳐질 듯 마쳐지지 않던 이 책 쓰기처럼 과정이 꽤나 험난하고 복잡했다. 미루고 미뤄뒀던 숙제를 이제야 펼쳐보았기 때문인지도 모른다. 진작 덜어내야 했을 짐을 그저 보자기에 싸서 장롱 위에 올려두었다고 정리된 것은 아닌 까닭이다.

3

이제 제대로 쓰고 써먹어라

내 삶을 일으켜주는 결혼진술서

"

따지고 보면 법원도 일종의 관공서다.
필요한 서비스를 청하고 제공받는 곳이다.
'내가 어쩌다 법원에 드나들게 됐나?'
이런 생각은 몸에도 마음에도 해로우며
시대착오적인 발상이다.
관공서는 활용하라고 있는 곳이다.

"

결혼진술서 쓰기의 난점

누누이 강조했다시피 글의 작성 시기가 매우 곤혹스러울 것이다. 가장 미칠 것 같을 때 가장 이성적인 글을 써야 한다. 넋 나간 자기 자신부터 되찾아 와야 하고, 어떻게든 맑은 정신을 유지해야 한다.

쓰면 쓸수록 폭로가 본질인 글이다. 이중의 딜레마다. 상대방을 탓하거나 결혼생활을 분석하기 전에 스스로부터 해부해야 한다. 폭로의 대상은 무엇보다 자기 자신이다. 그간 본인답지 않게 살아온 부분이나, 본인을 잃어버리고 산 것을 반성하고 도마 위에 자신을 올려놓고 가감 없이 썰고 도려내야 한다.

폭로 자체가 이혼재판에서 내게 유리할지는 미지수다. 폭로가 망신만 불러올까 걱정이 앞서서 글을 쓰기 두렵게도 만든다. 그래도 용기를 내서 써야 한다. 마침표를 찍어봐야 그다음에 올 일들이 보일 것이다.

그간 오랫동안 서로를 수단화하는 역기능 가족으로 살아왔음을 아프지만 인정해야 한다. 역기능 가족과 정상가족의 차이는 한 가지뿐이다. 역기능 가족의 목표는 정상가족이 되는 게 아니라, "정상 가족처럼 보이는 것"이라고 전문가들은 입을 모은다. 결정해야 한다. 언제까지 남의 시선을 신경쓸 것인가?

글에도 태도가 있다. 무엇보다 침착하되 당당해야 한다. 상대방을 비난하고 몰아세움으로써 자신의 정당성을 확보하려는 태도는 오히려 감점요인이 된다. 자신의 입장을 있는 그대로 설명하고, 현재 자신이 할 일을 최선을 다해 수행함으로써 미래에 대한 신뢰감을 주는 것이 가장 좋은 태도다. 과거의 잘못에 대해서는 반성하되, 지나치게 죄책감을 갖거나 후회할 필요도 없다. 자녀를 위해서라도 어느 때보다 건강에 신경 써야 한다. 몸과 마음의 건강성이 글에도 고스란히 드러나게 마련이다.

글쓰기 팁: 마음 지침, 행동 지침

1. 우선순위를 정한다

한 가지는 반드시 얻어낼 수 있다. 다만 그 하나를 얻는 데 최선을 다하고, 얻고 나면 마치 천하를 다 얻은 듯이 진심으로 기뻐하고 만족하자. 만일 양육권이었다면, 아이의 주양육자가 된 것에서 삶의 긍지와 보람을 얻는 자세로 살아가야 한다. 돈, 좋은 집 등 내가 잃은 것 혹은 빼앗긴 것만 같은 요소를 '부수적'으로 돌리는 합리화의 능력을 최대한 발휘하라.

2. 거짓으로 둘러대지 말라

거짓말을 해야 한다면 차라리 침묵하라. 시간이 지나면 어차피 진실은 드러난다. '때'가 아닐 때는 아무리 자세히 설명해도 당신의 해명이 한마디도 전달되지 않는다. 그냥 물에 떠내려가는 나뭇잎처럼 흐를 뿐 건져지지 않는다. 오해를 사는 일을 너무 두려워하지 않아도 된다. 오해도 시간이 지나야 풀린다.

3. 매사에 구체적으로

구체적으로 원하고 구체적으로 쓰라.

메모도 실행도 구체적으로 세분화하자. 사소한 일들을 차곡차곡 완수해나가다 보면 큰일도 할 수 있게 단련된다.

4. 현재 내가 가진 것에만 충실한다

남과 비교하지 않는다. 무엇보다 과거의 나와 비교하지 않는다. 미화도 폄하도 말라. 있었던 일을 그대로 서술하면 된다. 한번은 생협 모임 중에 이런 일이 있었다.

"언니네 드럼 세탁기 써?"

"아니."

"그런데 어떻게 그렇게 잘 알아?"

"친정에서 써."(급히 둘러댐)

분명히 내 것이었는데, 그 살림살이를 어디서 언제 내 마음대로 사용했는지 밝힐 수 없는 상황이었다. 혼수로 아버지가 마련해준 독일제 드럼 세탁기. 그때만 해도 국산이 지금처럼 보편화되기 전이었다. 그러나 짐을 나누면서 버려야 했다. 이혼하던 당시에는 아무짝에도 쓸모없는 물건이었다. 처리 문제만 골칫거리가 되었다. 크고 비싼 가구며 가전들이 대개 그러했다.

당시 '드럼 세탁기'가 상징하던 것은 그저 하나의 가전제품에 대한 가격이나 세탁기 놓을 자리 여부가 아니었다. 부엌 공간 전체와 아파트 구조, 평수 같은 '환경'이었다. 세탁기 살 정도의 돈이 있다고 해결되는 문제가 아니었다. 중첩된 계층문제가 도사리고 있었다. 엘리베이터 없는 계단식 아파트에서는 본인이 직접 운송하지 않는 한 중고 가전제품을 구매할 수 없다는 현실적이고 일차적인 난관까지 끼어 있었다. 그래서 오히려 새 제품을 골라야 하니 선택의 폭이 훨씬 좁았다.

3_ 이제 제대로 쓰고 써먹어라

5. 전지적 CCTV 관점을 상상한다

내가 나를 본다고 상상하고, 다시 나의 말과 행동을 설정한다. 몇 번이고 되감기해서 돌려보고 수정하고 다시 해본다. 내가 평소 쓰는 언어습관도 대화를 녹음해 들어보고 고칠 수 있는 부분은 고쳐간다.

상대방의 반응을 예측하고 그쪽보다 먼저 움직인다.

6. 말과 행동의 매뉴얼화. 감정조절도 습관이다

내가 스스로 정한 대로 말과 행동을 실행하다 보면, 나는 점차 바뀌어 있을 것이다.

멜로디 비에티는 『공동의존자 더 이상은 없다』에서 이렇게 말했다. "우리 몸에 배어 있는 그 습성은 우리의 잘못이 아니다. 그러나 그것을 멈추는 방법을 배우는 것은 우리의 책임이다." 알코올중독자를 가족으로 둔 것은 본인의 책임이 아니지만, 공동의존의 터널에 갇혀 중독자 못지않은 병리적 상태임을 알고도 계속 그대로 살아가는 것은 본인의 선택이라는 뜻이다.

『불안이라는 중독』에서 저드슨 브루머는 "아무리 먹어도 불안까지 먹지는 못한다"라는 흥미로운 소제목을 달고 음식과 불안의 상관관계를 설명했다. 우리의 뇌는 견뎌야 하는 고통의 양을 최소화하도록 진화되었기 때문에 어떻게든 고통을 덜 느끼는 전략을 쓰려고 한다는 것이다. 생존 관점에서 보면 타당한 일인데, 문제는 세상이 "고통을 피하고 기쁨을 느끼게 해준다며 판매되는 만병통치약으로 가득하다"는 점이다. 그러나 음식물에 대한 강한 애착으로는 삶이 당신에게 수없이 날리는 주먹질을 피하다 각종 성인병과 섭식장애만 얻게 된다. 선택지는 둘 중 하나라고 한다. 하나는 "옷이나 약으로 인해 방종, 집중력 분산, 무감각 같은 습관을 들이는 데 빠져드는 것"이고, 다른 하나는 문제를 직시하는 것이다.

7. 안전한 이별

이혼을 통보했으면 즉시 그 자리를 떠나라.

통보는 웬만하면 집을 떠나 당분간 머물 안전한 장소로 옮겼을 때 전화나 문서로 하는 편이 나을 수도 있다. 따지고 보면 당연한 얘기인데, 의외로 처음 듣는 분도 많을 듯해 굳이 거론한다.

한쪽이 정말로 헤어질 마음을 먹었다는 걸 상대방이 눈치채게 되면, 이전까지의 모든 것은 기초부터 싹 다 무너진 셈이다. 어떤 감정이 들고 어떻게 행동하게 될지는 그 자신도 알 수 없는 일이다. 분노를 통제할 수 없을 상황에 나도 그도 팽개쳐두면 안 된다.

최후통지와도 같은 말은 굳이 서로 얼굴을 보면서 상대방의 감정을 있는 대로 자극하며 건네지 않기를 바란다. 상대를 격분하게 하는 것은 위험하다. 나 또한 격분해 전혀 다른 인격으로 돌변할 수 있다. 만에 하나의 가능성을 늘 염두에 두어야 한다. 극단적인 감정의 수렁에 빠져 판단력을 상실하고 '너 죽고 나 죽자'가 되는 것도 사실 삽시간에 벌어지는 일이다.

통보 후에도 같은 집에 머물며 일상을 그대로 이어갈 수 있다는 안일한 생각은 버리자. 평상시가 아니고 비상 상황이다. '과잉 대응'한다고 여길 수도 있겠으나, 이런 상황에서 못 믿을 건 상대방뿐이 아니다. 감정이 격해져 내가 범죄자가 될 수도 있다. 모든 절차가 끝날 때까지는 경각심을 풀지 말라.

8. 소비 3심제도에서 배운다

머니 트레이너라는 직업을 가진 분이 〈국민영수증〉이라는 텔레비전 프로그램에서 한 얘기가 인상적이어서 적어두었다. 일명 '소비 3심제도'를 생활화하라는 게 요지였다.

1. 필요한 물건인가? 없으면 안 되는 물건인가?
2. 예산이 충분한가?
3. 대체재가 있는가?

이 세 가지 질문을 통과했을 때만 물건을 결제하라는 당부였다. 들으면서 무릎을 탁 쳤다. 결혼할 때는 왜 이런 세 가지 질문조차 던지지 않았던 것인가? 이 질문은 결혼에도 적용할 수 있다.

1. 꼭 그 사람이어야 하는 이유는 무엇인가?
2. 충분히 신중한 결정인가?
3. 서로가 대체 불가능한 관계인가?

이 세 가지 질문을 바탕 삼아 결혼 전에 '연애진술서'를 작성해보았다면 이후의 스토리는 달라졌을 텐데!

결혼진술서 Q & A

1. 결혼진술서를 작성하기 가장 좋은 때와 장소는?

- 아침에 남들 출근할 때 규칙적으로 공공도서관 가기.
  내 몸을 거기까지 데려다 앉히는 임무는 생각 이상으로 고
  난도 돌봄이다. 여기에도 지속성과 일관성이 필요하다.
- 글은 남의 컴퓨터, 즉 공공도서관 컴퓨터로 작성한다!
  장점이 여러 가지다. 텅 비어 있다. 집중하기 좋다. 시작부터
  이용 마감 시간이 정해져 있으니 시간을 아껴 집중하게 된
  다. 자리에서 일어나면 털어내고 다른 일을 한다.
- 도서관 구내식당에서 밥 먹고 틈나는 대로 쓰다 보면 어느
  새 마침표가 찍혀 있을 것이다.

2. 반박문 쓰기 좋은 곳

- 카페. 대낮. 창이 넓고 환한 곳
- 일을 열심히 한 뒤라 집중력이 유난히 좋을 것 같은 날.
- 맛있는 음료와 디저트로 기운을 북돋운 뒤, 한 줄 한 줄 상대방이 보낸 문서에 첨삭지도 하듯이 내 의견을 단다.

3. 쓰는 목적은?

- 상처의 최소화
- 보존의 최대화
  이런 게 그야말로 진정한 가성비다.

4. 효과는?

- 상처는 막을 수 없어도 '내 마음의 방어술'은 될 수 있다.
- 마음과 머릿속 대청소!

5. 최악의 사례

최악의 작성방법은 아는 지인이 마침 변호사니까 그곳을 찾아가 사건을 맡기는 경우다. 아는 사람한테 가면 덜 창피하고 조용히 해결할 수 있을 것 같겠지만, 의외로 솔직한 진술이 어려울 수 있다. 사회적 체면이 여기서도 작용하기 때문에, 변호사와 의뢰인으로만 만나기가 어렵다. 기존의 친분을 고려하지 말고, 이 분야의 승률이 높거나 나와 말이 잘 통하는 변호사를 찾아다닐 필요가 있다.

변호사 사무실 방문도 직접 가지 않고 다른 가족에게 맡기면 편할 것 같지만, 핵심적인 내용을 왜곡해 전달할 우려가 있다. 반드시 본인이 챙겨야 한다.

자칫 변호사 사무실에 비치된 1970년대식 문서, 그러니까 '아내가 자녀를 데리고 친정에 가버리면 가출로 간주해 유책 배우자가 된다'와 같은 개정 이전 가족법을 기준으로 엉성하게 작성된 변론을 받아들게 될 수 있다. 글을 직접 쓰지 않고 변호사한테 본인의 주장만 무리하게 요구할 경우, 앞뒤가 맞지 않는 변론이 나와도 본인 책임이다. 직접 상담하고 직접 결혼진술서를 작성해야 변호사도 당신을 도울 수 있다.

나는 당시 상대방의 글을 받아들고 여러 번 놀랐는데, 우선 그가 쓰는 말투나 문체가 아니었고 단어조차 상황에 들어맞지 않았다. 대충 작성했거나 본인이 논지설정을 하지 않은 듯했다.

그때 그 상대방 변호사가 지금 ㄸ채널 인기 코너인 이혼예능의 고정 멤버로 활약 중이시다. 여러모로 격세지감이 느껴진다.

6. 관공서와 친해지면 좋다

필요할 때 자주 드나드는 자세가 당신의 권리를 지켜줄 것이다. 정보도 미리미리 접할 수 있고, 각종 마감기한에 대비하기 좋다. 동네 행정복지센터에서 운동이나 문화교실 강좌를 수강하다 보면, 사회복지 혜택이나 공고 내용도 자연스레 자주 접하게 된다. 따지고 보면 법원도 일종의 관공서다. 민원인으로서 필요한 서비스를 청하고 받는 곳이다. '내가 어쩌다 법원에 드나들게 됐나?' 이런 생각은 몸에도 마음에도 해로우며 시대착오적이다. 관공서는 활용하라고 있는 곳이다.

7. 재판에는 한껏 꾸미고 잘 차려입고 참석하자

그 또한 예의이고 자존심이다.

8. 참고할 수 있는 모든 문헌과 문화 콘텐츠로부터 글 쓸 힘을 구하자

나도 수많은 책과 작품들에서 도움을 받았다. 결혼진술서 작성 당시에 가장 많이 의지한 책은 임성선이 쓴『결혼의 심리학 이혼의 심리학』이었다. 매우 현실적인 쓴소리들이 당시 나의 상황을 도마 위에 올려놓고 들여다볼 힘을 주었다.

지금은 절판되었지만, 여전히 결혼에 대한 필독서라고 여긴다.

서점과 도서관에 수시로 방문해 제목이 눈에 띄는 책을 골라 닥치는 대로 읽고 참조하기를 권한다. 오늘 눈에 띄는 제목이 다음에는 눈에 띄지 않을 수 있다. 유독 그날 눈에 들어오는 책은 마음의 반영이다. 그때그때 뽑아 드는 책이 달라지는 체험이 글쓰기에도 도움 된다. 제목과 목차만 모아봐도 첫 페이지를 시작할 수 있다.

나 이전에도 수많은 이가 고뇌하고 절망하고 솟아날 구멍을 찾았던 삶의 난제다. 책보다 더 압축적인 조언은 없다고 본다. 서점과 극장은 생각을 다지고 여가 시간을 보내기에도 아주 좋은 공간이다.

실전과 사용법

결혼진술서에 들어갈 내용을 간단히 말하면 다음과 같다

두 사람이 어떻게 만나 어떻게 결혼하게 되었으며 어떤 식으로 갈등
이 빚어졌고 결국 왜 이혼 결심에까지 이르게 됐는지를 시간 순서로
쓴다.

글을 어떤 식으로 시작해야 할지 막막했던 나는 '살기 싫은 이
유'라는 제목으로 번호를 붙여 메모처럼 에피소드와 기억을 적어
나가기 시작했다. 번호를 붙여 짤막하게 쓴 것들을 이어붙였다.

지금 보니 중언부언이 심하고 몹시 감정적인 글이라서 민망
하기 짝이 없다. 그럼에도 일부를 공개하는 이유는 기억과 달력
밑의 메모 등을 잘 정리하면 누구나 작성할 수 있는 글임을 알려
주기 위해서다. 다음은 두 사람 모두의 결혼진술서를 바탕으로 재

작성된 마지막 반박문이다.

피고가 일관되게 주장하는 것

1. 애초부터 본인은 결혼 의사가 없었다.
2. 피고 자신은 '작가라는 특성상' 여러 제반 조건에서 모두 무조건적인 이해를 받아야 한다는 자기합리화.
3. 원고는 어떤 일에도 성의를 보이지 않았고 노력하지 않았다는 비난.
4. 피고는 돈을 많이 벌었고 원고는 쥐꼬리만큼 벌었다. 액수가 적으므로 가정에 기여한 게 없다?
5. 아이들 양육은 피고 부모가 도맡아 했다?
6. 피고 자신의 가혹행위에는 다 이유가 있다? 자신에게만 관대한 이중 잣대.
7. 주부로서 며느리로서 원고는 모든 면에서 민폐 덩어리?
8. 결혼한 것은 주변 상황에 할 수 없이 끌려간 것.
9. 자녀들은 피고와 피고 집안의 우수한 DNA를 물려받았기 때문에 교육비 투자할 필요 없다?

10. 처가에 대한 비난과 인신공격.

그러나 피고의 주장은 일관되지 않으며, 연도나 날짜나 세부 사항을 잘못 기술하기도 합니다. 원고는 메모하는 습관이 있어서 기록을 남겨두었고, 피고는 기억에 의존하다 보니 부정확한 면이 있습니다.

1. 원고와 피고가 혼인하기 전 과정에 대하여

아무리 힘들었다고는 하지만 두 아이를 낳고 10년여 살아온 부부인데, 이제 와서 결혼 의사 자체를 부정하는 피고를 보면 결혼생활이 전부 부인당한 기분입니다. 우리에게도 분명 좋은 시절은 있었습니다. 그런데 지금 피고는 자신의 무책임을 합리화하기 위해 지난 세월을 모두 부정하고 있습니다.

아이들이 없었다면, 이 결혼은 원고 일방에 의한 것으로 무효나 마찬가지라는 게 피고의 주장으로 보입니다. '혼인의사가 없었음'을 일관되게 주장하는 것을 보면 그게 피고의 본심인 듯합니다.

피고에게 원고의 일은 오직 액수가 관건으로 보입니다.

그렇다면 정말 조건부 거래였던 셈이죠. 결혼 자체가 조건부였다는 고백이나 다름없습니다.

원고는 피고를 사랑해서 결혼했고 그때는 적어도 진심이었습니다. 피고는 결혼을 결정하는 과정이나 망설였던 이유가 다 원고 탓이라고 합니다. 원고가 졸라서 결혼했고 '내가 먹여 살릴게'라는 원고의 거짓말에 속아 결혼했다는 말은 책임을 벗어나기 위한 묘안이겠지만, 자신이 결혼생활을 유지하기 위한 어떠한 노력도 하지 않았음을 증명하는 꼴이 됐습니다.

연인 사이에 나눌 수 있는 말들, 사랑하는 사람과 함께 살고 싶었던 진심 등을 모욕하고 그것을 원고를 비난하는 수단으로 삼고 있습니다.

그렇게까지 피고의 결혼관이나 '목적'이 확고했다면, 원고와 반드시 헤어졌어야 합니다. 피고는 결혼 전 우유부단하게 행동한 자신의 무책임을 원고에게 전가하고 있습니다.

원고 부모나 친척들은 고지식하고 체면을 중시하는 분들이라 상견례 이후 실질적 약혼으로 간주해 원고와 원고 부모는 이후 약자의 상황이었고, 한국 정서상 결혼에서 전권을 쥔 쪽은 신랑의 부모입니다. 피고의 부모가 적극적으로 나섰기 때문에 결혼이 성사된 것입니다. 피고는 자신의 결혼에 대해 방관자처럼 굴면서 책임을 회피하려고 하는데, 그렇다고 결혼 사실이 없었던 일이 되는 것도 아니고 더 무책임해 보일 뿐입니다.

2. 원고와 피고의 혼인생활에 대하여

원고가 적게 벌었든 많이 벌었든, 원고는 어느 시점부터 자기 자신이 번 돈 내에서 살아야 했습니다. 아이들에게 들어가는 돈까지 다 원고 책임이었고, 피고는 남편으로서 의무인 생활비 지급을 "네 기회비용을 내가 왜 대냐?"는 교묘한 말장난으로 회피했습니다.

피고는 자기가 목돈을 지불해야 할 때마다 화를 냈고, 원고가 알아서 해결할 경우에만 집안이 조용했습니다. "가족으로서 도리를 다했다"는 피고의 진술은 근거가 없습니다. 출산 이후 양육과 경제적 책임이 모두 원고의 책임이었고, 원고는 몸과 마음이 다 힘든 이중고에 시달렸습니다.

피고는 필요한 생활비를 책임지는 게 아니라, 자신이 줄 수 있는 범위 그러니까 자신이 쓸 돈을 제한 나머지를 아내에게 주는 식이었습니다. 더 요구하면 원고의 무능을 탓하거나 돈이 없다고 매정하게 잘라버렸습니다. 원고가 번 것만이 원고가 쓸 수 있는 돈이었습니다. 그러나 시부모에게 관심을 갖고 '효도'해야 하

는 의무는 대부분의 경우 원고의 몫이었습니다. 그런 불합리함을 지적하면 피고는 원고에게 "집 사주는 부모가 흔하냐? 넌 시집 잘 온 줄 알아"라는 식으로 달랬습니다.

피고의 입맛은 모든 것이 자기 어머니의 손맛이 기준입니다. 음식뿐 아니라 거의 모든 기준이 자기 어머니입니다. 원고를 자기 어머니의 대체물로 여기고 인격체로 대하지 않았다는 뜻이기도 합니다.

피고는 한국 음식을 못 먹는 걸 못 견뎌 신혼여행 며칠간에도 몹시 괴로워했고, 장거리 외국여행은 절대 안 가겠다고 공언하는 사람입니다. 지금도 날마다 어머니가 만드신 음식을 얻어먹기 위해 본가 근처에 삽니다. 피고는 원고가 아무리 노력해도, 기준이 자기 어머니였기 때문에 무능하고 게으르다는 핀잔뿐이었습니다. 결혼하지 말고 어머니와 평생 한 집에서 살았어야 할 사람입니다.

피고가 시모에게 밥을 의존하는 상황에서, 원고는 며느리로서 발붙일 곳이 없었습니다.

3. 원고와 피고의 경제활동에 대하여

관건은 누가 돈을 더 잘 벌었느냐, 누가 더 능력 있느냐가 아닙니다. 피고가 가계의 어려움에 무관심했다는 게 원고를 내내 힘들게 했습니다.

피고가 많이 벌었든 적게 벌었든 부수입이 얼마였든, 가계에는 별 도움이 되지 않았습니다. 부수입이 생겨도 피고는 원고에게 '자신이 정한 생활비' 외에는 주지 않았습니다.

원고는 사실 피고의 수입 내역에 대해 거의 아는 바가 없습니다. 피고가 알려주지 않았고, 알려고 하면 화를 냈습니다. 피고가 알아서 관리하겠다고 해서 정말 착실히 저축하는 줄 알았습니다. 그렇게 술값으로 탕진했을 줄은 몰랐습니다. 피고가 주장하듯 정말 그렇게 수입이 많았다면, 그거야말로 생활고에 허덕인 아내를 속인 것에 불과합니다.

게다가 지금이 쌀과 반찬만으로 생활이 유지되는 세상인 줄 아는 피고 측의 시대착오적 주장은 억지입니다. 이런 억지를 부리며 피고와 피고 부모는 원고의 고통을 가중시켰고 알뜰하지 못하다는 등의 누명만 씌웠습니다.

원고가 얼마 안 되는 원고료로도 살 수 있었던 이유는, 아이들 옷을 거의 지인들에게 얻어 입혔고 친정의 도움을 간간이 받았기 때문입니다. 하지만 이제 아이들도 자라 교육비가 절실히 필요한데 이해조차 못 하는 부조리한 구조에서는 더는 살아갈 수 없습니다.

당시 원고에게 절박했던 것은 '아내'로서 피고와 '경제 공동체'라는 최소한의 인정이었습니다. 그러나 차갑게 거절당했고, 피고는 "내가 번 돈 내가 쓰는데 무슨 말이 많아!" 식의 주장으로 일관했습니다.

저와 아이들의 생계유지비는 '네 기회비용이니 줄 수 없다'는 뻔뻔한 논리는 점점 더 강화돼갔습니다.

4. 혼인생활 중 사건본인(자녀)들의 양육에 대하여

원고는 피고가 적어도 글 쓰는 괴로움만은 이해해줄 줄 알았습니다. 그런데 피고 자신의 글쓰기에 대해서는 모두에게 무조건 이해받기를 요구하면서, 원고에게는 비난과 트집으로 일관했습니다. 원고가 아이들을 자주 시부모께 맡겼다면 그만큼 여러 원고 마감에 시달렸다는 뜻입니다. 원고료 몇만 원이 너무 절실했던 시절입니다.

원고는 당시 친구들을 만나거나 개인적 만남에는 아이들을 항상 데리고 다녔습니다. 그래야 더 마음 편히 늦게까지 놀 수 있었기 때문입니다. 아이들을 키워본 사람이라면 누구나 다 아는 사실입니다.

피고는 원고가 자기 편하려고 아이를 매일 시부모께 맡긴 것처럼 주장하는데, 이는 피고 자신이 아이들을 한 번도 제대로 양육해본 적이 없음을 입증하는 말입니다. 아이가 자기 책임이라고 여기는 사람은 절대로 아이에 대한 조바심과 걱정을 내려놓지 못합니다. 그래서 어쩔 수 없는 경우나 아이를 데려갈 수 없는 자리가 아니면, 아이가 곁에서 놀고 있어야 마음이 놓입니다. 하물며 젖먹이일 때는 더 그렇습니다.

두 아이를 두고도 그런 최소한의 양육자 마음도 헤아리지 못한다는 것이 피고가 남편으로서 아버지로서 무책임하다는 증거입니다. "아내가 제 몸 편하려고 아이를 부모에게 맡긴다"는 말은 피고의 합리화일 뿐입니다. 게다가 한국사회에서 시부모에게 아이를 맡겨놓고 마냥 마음 편할 며느리는 없습니다.

"시부모와 의도적으로 거리를 두기 시작"한 게 아니라, 시모의 무릎 상태며 건강에 무리가 와서 더는 둘째를 봐달라고 하기가 죄송스러웠습니다. 피고는 자신의 어머니도 이미 노인이라는 점을 간과하고 있습니다. 시모의 건강이 예전 같지 않음을 지켜보면

서 원고는 시모와 아이, 원고 모두 만족할 방법을 찾아야 한다는
절박감에 시달렸습니다.

5. 재산분할에 대하여

열심히 살아서 시부모께 인정받고 싶은 심리도 있었습니다.
이제 와서 명의신탁을 주장하면, 시댁 전체가 저의 지난 10여 년
을 우롱한 것은 물론 애초에 결혼시킬 때부터 며느리를 이용해
재산이나 불리려 했다는 이야기밖에 안 됩니다.

본인들 주장에 의하면, 피고와 피고 부모는 결혼을 거래로 여
겨 피고 명의의 아파트로 재산 증식을 했고, 원고가 재산분할을
요구하자 이제 와서 '명의신탁'을 주장하는 것이 됩니다.

6. 사건 본인의 양육자 및 친권 행사자에 대하여

초등학교 1학년 아이에게도 일상은 고단하고 공부와 숙제로
바쁩니다. 주말이 더 편하고 즐거운 건 당연하고, 더구나 친가는
아이가 태어나 오랫동안 산 곳입니다. 아마 고향 같고 '집' 같을
것입니다. 그런 상황에서 아이가 할 수 있는 참으로 아이다운 표
현입니다. 그런 말을 원고를 비방하는 것으로 악용하려 드는 것은
피고의 부모 자질만 의심하게 합니다.

원고는 아이들을 안정적으로 키우기 위해서라도 지금 사는 동네와 학교를 유지하는 게 중요하다고 믿고 있습니다. 이제 막 입학한 아이에게 전학을 들먹이며 아무런 대책도 없이 아이 마음을 흔들어놓으면 안 된다고 봅니다.

피고는 그 모든 것에 무관심하면서 원고더러 아이들을 학원에 내돌린다고 비난하는군요. 자식 키우는 부모의 심정을 전혀 모르는 피고는, 함께 아이를 키우고 의논할 수 있는 사람이 못 됩니다.

양육을 두고 평일과 휴일에 같은 잣대를 들이대는 것 자체가 몰상식한 발상입니다. 그만큼 육아에 참여해보지 않아서 사정을 모른다는 증거입니다.

피가 섞이지 않은 새 외할머니 때문에 외가는 양육에 부적합하다는 주장, 친가는 피가 통하기에 아이들을 더 사랑한다는 식의 비합리적인 주장도 어이가 없습니다.

사건 본인들의 담임교사는 현재 원고의 상황과 소송 중인 것을 전혀 모릅니다. 그럼에도 아이들이 별 탈 없이 지내고 있다는 것에 원고는 큰 의미를 두고 있습니다. 오히려 별거 전에는 아이들이 잘 울고 힘들어한다고, 양쪽 담임교사에게서 수시로 면담 요청을 받곤 했습니다.

부모가 늘 싸우는 불안한 환경이 아이들에겐 더 유해하다는 게 원고의 확신입니다. 아이들이 현재의 생활환경을 유지하도록 노력하는 게 원고가 엄마로서 할 수 있는 최선이라고 생각합니다.

이런 글은 다시 들여다보아도 속상하기는 마찬가지다. 그런데 시간이 지나도 이해가 안 되는 논리가 바로 '엄마는 4분의 1' 부분이다. 그야말로 그의 말장난의 끝판이었다. 나는 지금도 확신한다. 아이에게 엄마는 100%의 애정과 헌신을, 아빠도 100%의 애정과 헌신을 기울여야 한다. 아이를 돌보는 누구라도 모두 그 순간 100%여야 한다.

우리가 결국 같이 갈 수 없음을 증명함과 동시에, 애초부터 가치관이 어긋나 있다는 것을 확인하게 하는 대목이다. 당시에는 여러 갈등 요인 중 하나에 불과했으나, 시간이 지날수록 이 4분의 1 발언은 그 모든 것을 아우르는 대표성을 띠게 되었다. 극복 방법은 하나뿐이었다. 거뜬히 두 아이를 키워내는 모습을 스스로에게 그리고 세상에 보여주어야 했다.

이혼재판에 대한 오해들

오해1

관계 회복을 위해서가 아니다. 절연(絶緣)이다.

오해2

재혼을 위해서가 아니다. 한동안 여성도 남성도 아닌 무성(無性)이 되라.

오해3

이혼 후를 상상하지 말라. 잘 헤어지거든 그때부터 생각하는 게 순서다. 타성에 젖었던 이전의 자신과도 헤어질 준비를 하라.

팩트1

전 배우자는 이제 법적으로 남이다. 서로에게 법적 의무도 책임도 없다. 어려운 일이 생기면 사회복지의 도움을 받는 게 빠르다. 그에게 전화하지 말라. 남남 되는 게 당신이 바라던 바였다.

팩트2

따라서 그의 원가족도 당신과는 남이다. (실은 남만 못하다.)

팩트3

이혼판결은 지혈을 돕는 압박붕대 정도다. '이제부터 행복해질 거야' 같은 감상 말고 당장 복지 서비스 이용법부터 익혀라.

팩트4

당신은 자녀의 보호자지만, 당신의 보호자는 자신뿐이다. (앞으로는 수면 내시경은 곤란하다. 그냥 일반 내시경을 하면 된다.)

팩트5

전 배우자는 협상 파트너다. 비즈니스 상대로 활용하라. 단 아이와 관련된 사항에 대해서만. 언제까지? 아이가 만 19세가 될 때까지.

4

이제야 돌아보는 결혼의 진실

결혼진술서를 쓰면서 깨달은 결혼의 속살

"

미성숙하기에
쉽게 불같은 사랑에 빠져드는지도 모르나,
미성숙은 어떤 관계든 유지하지 못하게 한다.
미성숙할수록 우리는 문제의 원인을 상대방에게 돌리고
비난을 퍼붓는 데 몰두함으로써
문제에서 힘껏 도망친다.

"

나중에야 알게 된 결혼에 대한 몇 가지 진실

톨스토이는 세계문학사상 가장 수려한 첫 문장을 남긴 것으로 손꼽힌다. 『안나 카레니나』 첫 줄은 세계문학사상 가장 유명한 첫 문장이다.

행복한 가정은 서로 닮았지만, 불행한 가정은 모두 저마다의 이유로 불행하다.

결혼생활은 결국 지속 가능성의 문제로 귀결된다. 언제까지고 자연스럽게 이어지고 순환될 것인가? 이는 생각만큼 간단하거나 쉽지 않다. 지속 가능성의 뜻을 검색하면 맨 마지막 문장이 다음과 같다. "재생산 능력의 범위 안에서 자원과 원료를 지속적으로 사용할 수 있도록 서로 협조해야 한다."

그렇다. 서로 협조가 되지 않는 부부는, 향후의 그 어떤 것도 도모할 수 없다.

무릇 원만하지 못한 부부관계에는 패턴이 있다. 심리학이나 정신분석학으로 설명할 수 없는 나만의 또는 우리 부부만의 특별한 무언가가 있다고 항변하고 싶은 마음이야 인지상정일 수 있다. 하지만 관계의 기원에는 원형과도 같은 패턴이 있어서 대체로 들어맞는 유형이 있다. 모빌의 맨 처음 조각과도 같은 그 부분을 찾아내기가 쉽지 않을 뿐이다. 대개는 위장술로 가려져 있기도 하다.

관계의 본질이 부부 사이가 아닌 다른 곳에 있을 때, 흔히 말해 초점이 어긋났을 때 벌어지는 불행한 예화의 디테일이야 각각 다를 수 있다. 중요한 것은 디테일이 아니다. 여기서는 어지간한 요소를 제외하고 그럼에도 도저히 뺄 수 없는 기본만 상정한 것이다.

내 결혼의 불행했던 사건들은 시행착오인가, 오작동인가? 이것을 분명히 가려야 한다.

오작동을 거듭하는 망가진 유형은 고쳐 쓸 수 없다. 반성의 기미가 없기에 개선의 여지도 없다. 그리고 시행착오는 한 번이어야 유효하다. 철저히 반성하고 점검해 다시는 반복하지 않을 때만 시행착오였다고 말할 수 있다. 같은 실수가 되풀이되고 사후처리 방법이나 다음 순서까지 번번이 비슷한 형태로 그려진다면, 이미 패턴이 고착됐다는 뜻이다. 웬만하면 바뀌기 어려울 관성도 포함한다.

『안나 카레니나』첫 문장에는 역설이 들어 있다. 실제로 작품을 읽어보면 불행한 가정들은 꽤 비슷한 이유로 불화를 빚으며, 이 불행이 예측 가능한 방식으로 흘러간다. 반면 어떤 한 가정이 행복을 느끼는 모습은 소설 속에서도 섬세한 듯 덤덤하게 묘사돼 있어 확 드러나지는 않는다. 현실에서도 가정의 행복이란 남이 알아챌 만한 뚜렷한 이유나 예측 가능성과는 거리가 있다.

톨스토이는 이런 중첩된 문장 속에 곱씹어야 할 비밀을 숨겨두었는지도 모른다. 『안나 카레니나』첫 문장이야말로 뒤집어서 읽을 필요가 있다. 행복한 가정을 유지하려면 저마다 고유한 비법이 있을 것이다. 드러나는 겉모습은 늘 평온하고 한결같을 수 있겠지만, 그것은 남들이 보는 표면이다. 남들은 과정은 모르고 결과만 본다. 어쩌면 톨스토이도 길고 복잡한 장편 서사를 긴장감 있게 끝까지 읽게 하려는 방책으로 이 알쏭달쏭한 첫 문장을 배치했을지 모른다. 의외로 결혼의 행복은 노력만으로는 유지되지 않는다. 대개는 관계의 처음에 성패 여부가 달려 있다고 봐도 무방하다.

1. 전적으로 두 사람만의 의사로 결정된 결혼이어야 한다

아마도 이혼을 앞둔 이들이 가장 잘 이해할 사안이다. 모든 것이 좋아 보이던 때는 그 겹겹의 포장에 감싸여 있는 것만으로도 즐거웠기 때문이다. 관계의 끝에 다다른 사람들에게는 이 본질이 보이겠지만, 이제 막 서로에게 반한 남녀가 알기는 어려울 것이다. 그럼에도 '전적으로'의 의미를 거듭 곱씹기를 바란다. 둘의 관계에서 힘의 균형과 조화를 맞춰가는 동안에는 서로에게만 집중해야 한다.

오직 두 사람이 마련한 것으로 살림을 차려야 한다.

처음의 장애물이 끝까지 걸림돌이 된다. 확실히 치우거나 들어내지 못한다면 내내 걸려 넘어질 것이다. 걸림돌이 저절로 치워지는 일은 없다.

부모님이나 주위의 도움을 받아 시작할 수는 있다. 그러나 마치 은행 대출을 갚듯이 반드시 갚아야 할 부채임을 잊지 말아야 한다. 돈으로 받은 것은 돈으로 갚아야 한다. '돈으로 받은 것을 마음으로 갚겠다'거나 '애 하나 낳으면 갚은 것으로 치자' 따위의 셈법은 없다. 그것은 혼자만의 자의적 해석이고, 향후 결혼생활에 먹구름과 고난을 예고하는 시한폭탄을 안고 가는 일이다.

2. 상대를 정확히 파악하는가?

지금의 결혼은 엄연히 자본주의 세계에서의 (정착된) 거래다.

무엇보다 나는 상대가 원하는 바로 그것을 줄 수 있는 사람이어야 한다. A를 원하는데 B를 들고 있다면, 번지수가 맞지 않는 것이니 초반부터 삐걱댈 것이다. 유사 A를 들고 있다면, 처음에는 어찌어찌 넘어가는 듯해도 긴 시간이 지난 뒤에까지 상대가 '진정한 A'를 찾는 경우라면 결국 같이 갈 수 없다. 미묘한 갈등을 자주 빚다가 사이가 틀어지고 말 것이다. 닮은꼴로는 진짜가 될 수 없다.

이 '정말 원하는 것'은 의외로 말로는 확인되지 않을 수 있다. 내 짐작이 틀릴 수도 있고, 상대가 속마음과는 다르게 둘러댈 수도 있다. 때로는 정작 당사자도 자기 욕망을 몰랐을 수 있다. 그러니 자세히 오래 살펴야 한다. 일관되게 향하는 행동이 어디를 가리키고 있는지를 파악해야 한다.

3. 나에게는 사람 보는 눈이 있는가?

새로 만들어진 문제점은 없다. 애초부터 있던 것들이다. 그 요소들이 통제 가능에서 불가능으로 바뀌었을 수는 있으나 없던 문제가 새로 생겨난 게 아니다. 오래도록 단란했던 부부가 갑자기 파탄에 이르렀다는 건, 대부분 남에게 설명하기 위한 관용적 표현에 불과하다. 당사자들도 알지만 군이 들추지 않는 동안, 차곡차곡 커진 알맹이가 더는 숨길 수 없이 바깥으로 뚫고 나오면서 외부에 드러난 사건이 됐을 뿐이다.

각자가 1인분의 제 몫을 해내지 못하면 상대방이 몇 배로 힘들어지는 결혼생활에서, 망가진 채 오작동을 반복하고 교정을 하려고 해도 제멋대로인 배우자는 고쳐 쓸 수 없다. 그의 전체 면모를 파악할 수 있는 눈이 내게 없다면, 일단 멈추고 심사숙고해야 한다.

결혼한다고 그날부로 사람이 달라지지는 않는다. 결혼식은 생의 뚜렷한 전환점이 아닐 수도 있다. 처녀 총각 시절처럼 몸에 밴대로 사는 이들도 많다. 그러니 과거 행태는 그저 과거가 아니라 습관이자 패턴이다.

4. 대리전의 가능성은 늘 도사리고 있다

결혼 전에 엄마가 갑자기 돌아가시고 나서, 도저히 벗어날 수 없던 상실감은 '이제 엄마가 해준 음식 맛을 어디에서도 못 보겠구나'였다. 입맛이란 끈질긴 것이어서 삶의 낙을 빼앗긴 기분이었다. 당시 매우 음식솜씨가 좋으셨던 시어머니의 손맛에 나는 완전히 굴복했다. 너무 맛있어서 계속 이렇게 얻어먹고 살 수만 있다면, 뭐가 어찌 됐든 다 상관없다는 생각마저 품고 살았다.

이혼 후 이사 와서 광명 YMCA 등대생협의 일원이 됐을 때, 내가 만든 음식에서 엄마가 해준 음식의 맛이 나자, 나는 그 오랜 상실감에서 비로소 벗어났다. 생협 생활재로 원재료의 맛을 살린 음식을 해먹을 수 있는 한, 나는 적어도 환상통 같은 무기력은 안 느끼고 살 수 있을 것 같았다. 언제든 주문해 먹을 수 있는 생협매장에서 말이다. 그것이 얼마나 큰 해방감을 주었는지 모른다.

내가 늘 살고 싶었던 그림처럼 넓고 쾌적한 신혼집을 마련해준 이도 시아버지였다. 살림살이는 친정아버지가 채워주신 것들이었다. 우리 힘으로 마련한 것은 사실상 없었다. 그때는 모두 내 복이라고만 생각했다. 어리석고 교만했다. 그저 기쁘게 받기만 하면 되는 선물인 줄 알았다. 그러나 이는 사실 평생 갚아도 다 못

갚을 그런 종류의 것이었다.

어디로든 갈 수 있는 자유도 있지만, 아무 데도 못 가고 오직 한 가지 선택만이 주어져 있는 자유도 있다. 결혼진술서를 쓰는 일은 후자에 속한다. 딱 그런 상황에 빠졌을 때는 받아들여야 한다. 이런 경험도 지나고 보면 썩 나쁘지는 않으니, 외통수에 걸렸을 때가 실은 기회이기도 하다. 글쓰기란 원래 그런 자유다.『결혼의 문화사』같은 책을 읽다 보면 알게 된다. 어느 시대고 법률혼이나 이혼이 쉬웠던 역사는 없다. 수많은 선대의 대의명분과 대리전의 각축장에서 젊은 남녀 개개인이 목숨을 걸고 벌여온 사투의 기록이다.

넷플릭스 영화〈결혼 이야기〉에는 자기가 뭘 하는지도 정확히 모르고 사태를 키워가는 여자 니콜과 맞대응이 뭔지 몰라도 양육권을 위해 맞소송을 해야 하는 남자 찰리가 나온다. 미국 정황상 변호사가 개입하면서 판은 커져만 가고 걷잡을 수 없어진다. 자신의 모든 것을 걸고 패가망신과 파산을 각오하고 전면전을 펼친 남자는 완전히 망한 것처럼 보인다. 그럼에도 영화는 묵직한 메시지로 이런 일련의 파괴과정을 이해시킨다.

어린 아들이 몹시 지치고 몸이 아플 경우에도 정해진 날짜 정해진 시간에는 엄마 집과 아빠 집으로 분리된, 그날 있어야 할 곳으로 가야 한다. 자녀에게는 지독하게 피곤한 삶이다. 성년이 될 때까지는 안 끝난다.

셋이 살던 뉴욕의 집에서는 세상에 그보다 더 좋은 아빠는 없어 보였는데, 소송을 위해 억지로 얻은 LA의 초라한 집에서 찰리는 그저 주어진 시간을 때우러 온 아빠에 불과하다. 자기 공간임에도 어설픈 연기를 하는 서툰 배우 같고, 스스로도 이 배역이 납득되지 않지만 혼신을 다하는 듯한 안쓰러운 모습이다.

아이의 모든 물건이나 관심사나 친구는 다 엄마집에 있으며, 가사조사관이 왔을 때 이는 더 극명하게 드러난다. 아내가 먼저 변호사를 선임한 이상, 모든 것은 다 돈이고 승률에 매달리는 자존심 싸움이 된다. 찰리의 첫 변호인 버트는 4번 결혼했고 3번 이혼한 사람으로서 인상적인 첫마디를 남긴다. "이혼은 마치 시체 없는 죽음 같아요."

이겨도 져도 남는 건 없고, 어느새 모두 피해자가 돼버린다는 뜻일까. 최대한 일이 커지지 않게 합의로 끝내자는 버트의 의견이 옳을지도 모르지만, 이렇게 속수무책으로 당하는 것이 억울해 찰리는 두 번째 변호사를 고용한다. 니콜의 변호사는 이쪽 업계의 유명한 능력자였고, 이후 양방은 가차없는 폭로전에 돌입한다.

"찰리는 언제나 확신에 차 있다. 뭐든 자신이 없는 나와는 달리. … 난 본 지 2초 만에 그와 사랑에 빠졌다. 난 평생 그를 사랑할 거다. 이젠 말이 안 되는 걸 알지만…."

영화의 첫 부분이 왜 상담실에서 '서로의 장점 쓰기'이고 쓴 글을 소리 내어 읽어보라는 장면으로 시작하는지 마무리에 가면 알게 된다. 감정정리가 안 되었을 뿐만 아니라 찰리에 대한 애정이 여전히 남아 있어 혼란스럽던 니콜이 왜 읽기를 거부하고 노트에서 거칠게 종이를 뜯어냈는지, 그럼에도 두 장의 종이를 왜 버리지 않고 간직했는지 의문이 풀린다. 차마 읽을 수 없었던 문장들과 함께.

이대로 더 있다가는 자신의 정체성이 비누 녹듯이 녹아버릴 거라는 불안감에 시달리던 니콜은 결혼 전에 살던 LA로 도망치듯 떠난다. 사실 오랫동안 배우라는 본인의 직업에서조차 홀로 서지 못하고 늘 연출자인 남편에게 기댔다. 찰리에게 칭찬받아야 본인의 연기에 비로소 안심이 됐다. 찰리의 근거지 뉴욕은 아무래도 니콜 본인을 위한 장소 같지는 않았다. 그에게 반했기 때문에 그에게 모든 것을 맞추며 살아온 것임이 자명했다.

관객은 경력이 상승세를 타는 그 좋은 시점에 피 터지는 이혼재판을 벌이다가 미쳐버린 것 같은 두 사람이 안타깝다. 수중의 모든 돈을 변호사 비용으로 쓰고, 그간의 모든 평판과 인맥을 한꺼번에 잃어가면서 마치 고대 그리스 신전을 일거에 무너뜨리듯 전쟁을 불사한 그들은 제정신이 아닌 것 같다. 변호사에게 속은 것일까? 미국에만 적용되는 상황일까?

그러나 마지막 장면에서 두 사람 사이에 스쳐가는 미소와 작은 호의를 지켜보고 나면 인정하지 않을 수 없다. 그들은 '살고 싶은 삶'을 아주 어렵사리 회복했다. 한 사람이 한 사람에게 일방적으로 맞춰주는 방식이 아닌 각자의 터전을 일궈야만 했다. 그나마 이 모든 회복과 자기 찾기의 과정은 오직 전면전일 때만 가능한 것이었다!

나혜석의 이혼 고백장을 처음 읽을 때는 몰랐는데, 시간을 두고 다시 보니 나혜석의 결혼생활에도 대리진이 될 가능성은 초기부터 내재해 있었다. 그리고 파탄의 시기는 대리전의 끝없는 연속이었다. 처음에는 심각하게 보이지 않았던 요소가 어느 순간 도미노 게임처럼 한꺼번에 덮쳐온 것이다. 초반과 다른 점은 남편의 애정이 사라진 뒤에는 아내를 풍속의 이름으로 승냥이떼처럼 덤벼드는 여론재판에 넘기고 혼자만의 세계로 달아났다는 점이다.

"한 가정에 주부가 둘이어서 시어머니는 '내 살림'이라 하고, 며느리는 따로 예산이 있고, 시누이가 간섭을 하고, 살림하는 마누라에 대해 없는 사실을 지어내고, 전후좌우에는 형제 친척이 와글와글하니, 다정치도 못하고, 약지도 못하고, 돈도 없고, 방침도 없고, 나이도 어리고, 구습에 단련도 안 된 일개 주부의 처지가 난처하였사외다. 사람은 외형은 다 같으나 그 내막이 얼마나 복잡하며 이성 외에 감정의 움직임이 얼마나 얼키설키 얽매였는가."

"(당신의 재혼 소식에) 나는 진정할 수 없었나이다. 물론 그림은 그릴 수 없었고, 그대로 소일할 수도 없었나이다. 나는 내 과거 생활을 알기 위하여 초고(草稿)해 두었던 원고를 정리하였사외다. 그중에 모성에 대한 글, 부부 생활에 대한 글, 애인을 추억하는 글, 자살에 대한 글, 지금 당할 모든 것을 예언한 것같이 되었나이다."

나혜석이 이혼 고백장과 이혼 고백서를 써냈을 때 세상은 더욱 거세게 그녀를 비난했을 것이다. 그러나 기구함 속에 파묻히느니 세상에 글을 남기고 소송이라도 벌여 예술가로서 삶을 이어가고자 했던 나혜석의 현실적 노력은 언제고 재평가되어야 한다고 본다.

연애는 꿈이고 결혼은 현실이다?!

연애는 놀이가 맞고 결혼은 현실이 맞다. 그러나 이는 진실인 동시에 또한 환상이다.

관계란 거짓인 채로 진실인 복잡한 다면체다.

"100점도 환상이고 0점도 환상이다. 둘 다 도달할 수 없는 점수이며, 실제 점수는 그 사이 어딘가 언저리에 있다"라는 심리학자 김현옥 교수의 말을 새겨두고 싶다.

마치 현실감각만 장착하면 현실에 잘 대처할 것 같지만 또 그것만으로는 안 된다. 경제적 자립만 이루면 이혼 후에도 무조건 잘살 줄 알았던 이들이 나중에 호소하는 깊은 공허감이 이를 뒷받침한다. 의외로 성실하고 목표지향적인 사람들이 궤도수정을 더 힘들어하고 헤맨다. 삶은 끊임없는 궤도수정의 연속이다. 애초의 목표대로 단번에 되는 경우는 거의 없다고 봐야 한다. 그때그때 유연하게 대처하는 것만이 그나마 성공적인 결혼생활의 비법이라고들 한다.

인간관계를 바꾸는 세 가지 방법이 있다고 한다.
상황을 바꾸거나
상대방을 바꾸거나
나를 바꾸는 것이다.

모두 알 것이다. 이 가운데 그나마 내가 노력해서 얻을 수 있는 것은 세 번째 경우뿐이다.

함께 살면서 상대방이 소진될 때까지 수수방관해서는 안 된다. 이는 직무유기이자 방임이다. 부부는 서로의 상태를 살피고 돌볼 책임이 있다.

소진된 사람에게 마지막까지 남는 한 방울의 기력이 있다면 그것은 분노라고 한다. 분노할 힘이 있으니 에너지가 남아 있는 것이 아니라, 분노밖에 남은 게 없다면 에너지가 소진된 상태라는 뜻이다. 고갈된 에너지부터 채워야 한다. 회복에는 시간이 상당히 걸릴 수 있다. 물론 소진되기까지 기간도 꽤나 길었을 터다. 상대방이 알아주지 않거나 말을 해도 듣지 않았거나 내버려두었을 확률이 높다. 눈치가 너무나 없어서 몰랐다는 변명으로 넘어갈 수 없는 심각한 무책임에 해당한다.

또한 자기 자신을 그렇게 될 때까지 방치한 경우 역시, 어떤 의미에서는 스스로의 생명력을 갉아먹으며 자신을 서서히 죽인 것이다. 자기를 아끼는 마음이 부족했다는 것만은 틀림없다.

연인들은 모를 결혼의 이면

1. 입맛을 길들여라. 입맛부터 바꿔라

점점 더 자극적인 음식을 찾는 건 입맛이 아니다. 그건 혀의 마비다. 순하고 원재료 그대로의 맛을 느끼려면 의식적인 노력이 필요하다. 덧붙여 원래 체질대로의 입맛을 회복하라.

만일 연인의 입맛이 나와 다르고 절대 고정불변의 것이라면, 이 관계를 진지하게 생각할 필요가 있다. 평생 따로 먹어도 괜찮다면 모르겠지만, 함께 한 그릇의 음식을 나눠 먹는 재미는 생각 이상으로 크다.

소소한 잔재미를 찾아가는 것이 생의 진정한 입맛이다.

2. 우리가 사랑이라 믿는 것들은 어쩌면 좋을 때만 해당?

대단한 사랑이라고 여겼던 사이도 아프고 돈 없는 상태가 됐을 때는 의외로 쉽게 무너질 수 있다. 건강하고 기운 있을 때는 대개 문제가 발생하지 않거나 문제가 생겨도 쉽게 푼다. 어려움이 닥쳐봐야 자신의 한계를 알게 된다. 여유로울 때는 누구든 상대에게 친절할 수 있다.

3. 헤어진 지 6개월 후에도 그리울지?

헤어져봐야 안다. 헤어지는 것을 너무 두려워하거나 억지로 피해봤자 관계가 제대로 유지되는 것은 아니다. 헤어지지 못해 어찌어찌 질질 끌다가 결혼까지 이어지는 관계가 최악일 수도 있다.

4. 둘만 보내는 시간이 재미있고 즐거운가? 섹스 말고도!

단지 같은 공간에 오래 머물거나, 동선이 겹쳐서 자주 보게 되는 경우는 의외로 둘이 보내는 시간이 아닐 수 있다. 같은 학교나 직장에서 만난 커플도 둘만의 시간을 일부러 마련하고 계획을 짜볼 필요가 있다. 둘만 보내는 시간은 둘만의 요소로 채워져야 한다.

오래 사귀었을지라도 자꾸 다른 사람을 불러서 어울리게 되는 술자리, 파티, 집데이트는 이미 1대 1 관계가 아니다. 결혼 이후 둘만의 대화가 회피와 싸움으로 번지는 커플의 경우, 연애 시절에도 둘만의 대화는 그리 원활하지 못했을 것이다. 그때그때 이벤트로 때웠을 뿐인데 '함께'였다고 착각했을 수 있다.

5. 문제 발생 시 숨기게 되는가? 털어놓고 상의하는 단짝인가?

이것은 굉장히 중요한 질문이다. 상처 입었을 때 우리는 유익한 말을 해줄 사람이 아니라, 나에게 무해(無害)한 사람을 찾아가기 마련이다. 아무 말 없는 위로가 간절할 때가 있다. 그런데 상대방이 트집을 잡거나 비난의 말부터 꺼내는 사람이라면, 대화는 불가능하다. 그런 화법을 가진 사람이 배우자라면, 힘들 때도 도저히 마음을 추스를 수 없다.

6. 본인 취향이 아닌 이성(異姓)은 스쳐 가게 두자

스쳐 갈 인연은 스쳐 가게 내버려두자. 스쳐 갈 인연인데 집착하고 매달려서 잡으면 반드시 커다란 대가를 치르게 된다고 법정 스님도 귀한 말씀을 남기셨다. 이혼을 고민해본 사람이라면 알아듣고도 남을 것이다.

7. 결혼은 최선의 안전기지여야 한다

미국 극작가 리 블레싱(Lee Blessing)의 희곡 『두 개의 방』에는 감동적인 대사가 나온다.

"감옥이 아니었어. 요새였어."

이 연극을 본 사람이라면 결코 잊지 못할 대사다. 작품을 보고 나면 모든 이야기와 감정을 다 녹인 것이 이 말 속에 응축돼 있음을 느끼게 된다. 남편이 레바논 베이루트에서 테러리스트에게 인질로 잡혀가는 바람에 레바논과 미국으로 나뉘어 애간장을 태웠던 두 사람이, 편지를 나눌 수도 없고 생사조차 확인할 수 없던 두 사람이 극 속에서 끝내 붙들었던 방석 두 장 크기의 심리적 공간이 배경이다. 그 최소한의 공간을 확보한 이상 아무도 둘을 갈라 놓을 수 없다. 대신 그런 심리적 공간을 마련하지 못한 부부라면 아무것도 서로 나눌 수 없다.

결혼은 세상의 풍파로부터 보호받을 수 있는 안전기지여야 한다. 머무는 곳이 안전하다고 느껴지지 않는 한, 사람은 방황하게 마련이다.

일본 사회학자가
'5년마다 결혼 갱신제'를 주장한 이유

일본 사회학자 야마다 마사히로는 『우리가 알던 가족의 종말: 오늘날 일본 가족의 재구조화』에서 '5년마다 결혼 갱신제'를 주장한다. 살고 싶은 사람과 사는 경우에만 갱신되어야 한다는 내용이다. 현행 법률혼은 싫어진 사람과도 계속 살아야 하는 종신제이기에, 극단적인 경우에는 가족 '인원 정리'에 들어간다는 끔찍한 살인사건을 접하고 쓴 책이다.

종합병원 의사 남편을 둔 미모의 여인이 어린 자녀들과 함께 실종됐는데, 얼마 뒤 요코하마 운하에서 비닐에 싸인 셋의 시체가 발견됐다. 1994년 11월의 일명 쓰쿠바 처자식 살해사건이었다. 이들은 남편의 외도와 불륜 상대의 집을 사주며 진 엄청난 빚으로 심각한 갈등 중이었다. 당시 부동산 거품이 꺼지면서 대출 부담은 더 커져서, 거액의 의사 연봉으로도 감당이 안 돼 살림이 쪼들렸다. 이혼 후 재산분할과 양육비까지 지불하고 나면, 아무리

의사라도 더는 중산층의 생활을 유지할 수 없었다. 엘리트 의사의 처자식 살해사건은 버블경제 붕괴 직후의 일본사회를 충격에 빠뜨렸다.

좋아지는 데 이유가 필요 없는 것과 마찬가지로 싫어지는 것에도 구구한 이유는 필요 없다. '싫다'가 먼저이고 이유는 나중에 따라붙는 것이다. … 그러나 결혼제도는 부부가 서로 싫어진 경우를 상정하지 않고 있다. 여기에서 연애결혼의 비극이 발생한다.

책에서는 상류층은 돈에 구애받지 않기에 싫어진 사람과 결혼생활을 유지할 이유가 없다고 설명한다. 또한 아주 돈이 없는 경우에는 나눌 재산이 없기에 반대급부로 자신의 감정을 우선시할 수 있다고 했다. 싫어진 상대와 사느니 사회복지의 도움을 받거나 일해서 돈을 버는 쪽을 택한다는 것이다.

따라서 재산분할 후 계층 추락이 우려돼 이혼을 망설이는 것은 중산층의 문제라는 뜻이다. 이로 인해 '가정 내 이혼'이라는 각방살이 혹은 유령부부 같은 현상도 늘었다고 했다. 매우 실제적인 딜레마다. 경제가 고도 성장기일 때는 아내와 남편이 역할을 분담해 가정 공동체를 꾸려가는 '성별분업형 부부관계'가 여러모로 사회발전을 위해서도 장려되지만, 저성장기에는 경기침체가 가족 관계를 근본적으로 흔들어놓는다. 공동 목표를 위해 한쪽의 희생을 묵인하고 당연시하던 고도 성장기 시절의 관행은 황혼이혼으로 직결됐다.

서로에게 '싫지 않은 사람'이 되도록 최선을 다해 노력하고, 5년마다 갱신제를 두어 여전히 좋을 경우에만 결혼생활을 지속하자는 의견은 사회학자가 내놓은 절박한 대안이었다.

이혼을 준비하던 당시의 나에게는 선명한 이론적 근거를 제시해준 가뭄의 단비 같은 책이다. 중산층의 이혼이 왜 어렵고도 복잡하며 감정이 뒤죽박죽으로 엉켜버리는지, 어디에서도 듣지 못한 명쾌한 풀이와 답을 접한 기분이었다. 재산분할은 법률혼이 정한 테두리 안에서 권리행사라는 점을 분명히 일깨워줘 힘이 됐다. 두 사람만의 감정이나 사생활 영역에 그치지 않고 이혼의 사회적 맥락까지 짚어볼 수 있는 기회였다.

서구의 산물로 구한말에 수입된 낭만적 사랑의 신화와 연애결혼의 역사 또한 살펴보게 됐다. 일본은 그나마 '수입'이라 할 수 있겠지만, 우리나라는 일제 강점기에 일본 유학생들에게서 비롯된 셈이라 매우 병리적인 자괴감을 동반했을 것이다. 희망찬 미래를 도저히 꿈꿀 수 없었던 일본 유학생 출신 조선 엘리트의 상황과 연애결혼의 현실은 따로 떼어놓을 수 없다. 일본에서 공부할 때는 '2류 인간' 취급을 당했을 테고, 조선에 돌아와 돈을 벌려면 총독부에 부역해야 했을 테고, 조혼 풍습으로 유학 전에 집안끼리 정해둔 정혼자도 있었을 식민지 지식인들의 분열적 고뇌가 100년 전 연애의 뿌리이니 말이다.

숱한 모순을 안고도 효율성에 가려졌을 결혼관이, 일본과 한국에 드리워진 저성장의 경제위기와 맞물려 한계에 봉착했음을 다각도로 들여다봐야 할 시기다.

관계의 여러 얼굴

1. 사랑이 인생의 걸림돌을 제거해줄까?

어쩌면 우리는 사랑이 가장 불가능해 보이는 상황에서 목마른 사람처럼 사랑을 갈구하곤 한다. 안타깝게도 외로움을 견디다 못해 누구라도 좋으니 사랑해버리고 말겠다고 작정하기도 한다. 그러다 처음 눈에 띄는 사람과 정신없이 연애 놀이에 빠져들어 가기도 한다. 물론 그마저 상대방도 동의해줘야 시도할 수 있는 일이다.

그렇게 탐닉이라 해도 좋을 열정이 차라리 외로움보다 낫다고 여기는 시절이 있다. 마음을 도저히 가누지 못하는 경우라면, 누구라도 만나 체온을 나누려 들지 말고 이 외로움이 진짜 외로움인지 근본 원인부터 헤아려야 한다. 하지만 우리는 성급히 사람을 만나 속히 외로움을 제거하고 싶어 한다. 마치 떼어내야 할 혹처럼 말이다.

인생의 걸림돌은 당연하게도 사랑과 무관하거나, 더러는 사랑으로 인해 얽히고설켜 엉망진창이 돼버린다. 대부분 문제는 미성숙에서 비롯되지만, 자신을 성숙시키는 일은 단기적으로 성과를 볼 수 있는 일이 아니다. 평생 걸려도 쉽지 않을 일이다.

미성숙하기에 불같은 사랑에 빠져드는지도 모르나, 미성숙은 어떤 관계든 유지하지 못하게 한다. 미성숙할수록 우리는 문제의 원인을 상대방에게 돌리고 비난을 퍼붓는 데 몰두함으로써 문제에서 힘껏 도망친다.

남녀평등이 곧 실현될 것만 같은 기대감을 주는 이 시대에, 인류가 살아온 이래 가장 풍요로운 것 같은 이 시대에, 역설적으로 사랑은 참으로 어려워졌다. 개인의 삶의 질은 첨단기기와 함께 날로 높아져가는 듯하나, 우리는 외로움과 공허감을 어쩌지 못한다. 쩔쩔매다 기껏 각종 '중독'에 몰두해 잠시 잊고자 할 뿐이다.

오늘날 남자는 성숙한 남자로 나아가지 못하고, 소년인 채로 미성숙의 질곡에 갇혀 있다고 진단한 학자들이 많다. 로버트 무어의 고전 『왕, 전사, 마법사, 연인』은 남성 심리의 원형을 이 네 가지로 분류하고 다각적 면모와 그림자에 갇힌 상태일 때의 뒤틀린 모습까지 깊이 고찰한 책이다.

여성에게도 매우 중요한 책인데, 비단 "남성에 대해 알고 싶다"는 정도를 넘어서는 보다 근본적인 이유가 있다. 현재 여성들은 대학생이 될 때까지 대부분 남성과 똑같은 방식의 교육을 통해 길러진다. 다시 말해 남자아이를 교육하는 방식이 여자아이에게까지 확대된 것이 근대교육이라면, 스무 살이 넘어서야 자기가 '남자 행세 교육'에 길들여졌음을 알게 된다. 언어와 사고방식의 문제로 들어가면, 오늘날의 여성은 일단 '남자처럼' 말하고 쓸 줄 아는 문명의 틀을 배워 익혀야 한다. 그다음에 이 틀을 여성인 자기의 몸에 맞게 수정 보완해야 한다. 말로는 이렇지만, 그야말로 대혼란 자체다. 우선 교육의 기본 틀을 익히는 것도 굉장히 힘든 일인데, 배운 다음에 해체하고 다시 재조합하라니? 이 과정도 혼란이지만, 이것을 시도하지 않고 제도교육에서 배운 대로 살아가려 하면 할수록 혼란은 겹겹이 가중된다. 여자로서 살면서 겪는 실제 고민과 해결책을 그 틀 안에서는 찾아낼 수 없기 때문이다. 현대 여성이 처한 이중의 과제다. 딜레마인 동시에 열쇠임을 명심하자.

이런 식으로 성장한 남자와 여자가 가장 극심한 모순에 빠지는 예가 부부싸움이다. 부부싸움이 발생했을 때 많은 경우, 남자 둘이 싸우거나 여자 둘이 싸우는 형국이 될 수 있다.

2. 남녀는 서로에게 거울

우리는 자신의 본성에 대한 기억을 서서히 잃은 채, 현대사회에서 밥벌이하는 데 필요한 교육을 받으며 성장기를 다 보낸다. 뭔가 가장 중요한 것을 놓쳤다는 깨달음이 들더라도 이미 익숙한 방식에 굳어져 버린 뒤라 개선이 쉽지 않다.

남성과 여성의 근원을 모색하는 진화생물학과 진화심리학 분야의 책들은 남성에게 있어 여성은 일종의 '거울'임을 명시한다. 이것은 인류의 조상이 지니고 살아온 태초로부터의 거울이라는 의미다. 남성은 자라는 과정에서 자신과는 판이하게 다른 여성이라는 거울을 보면서 스스로를 비춰보고 자신이 남성임을 자각하고 확인한다는 것이다. 말하자면 남녀는 서로에게 거울이라는 뜻이다. 어쩌면 이 거울이 상생과 보완을 하지 못하게 되면, 남녀는 서로를 왜곡하며 극단으로 치닫게 된다. 지금은 서로의 상(像)을 잃어버린 시절인지도 모르겠다.

현대 여성은 과거 여성들의 투쟁사 속에서 현재 자신이 이어받아야 할 것들에 대한 지침을 얻기도 하지만, 일그러진 남성성을 염려하고 애통해하는 수많은 저작에서도 자신의 조각을 발견하게 된다. 이전 시대 여성들에겐 없었을 상황이다. 깨진 내 조각이 여기저기서 발견됨으로써 비로소 알게 되는 것이다, '나'는 파편화되어 있다는 것을. 왜 언제 그리 됐는지는 모르나 흩어져버린 채로 부유하며 살고 있다.

마야 스토르히의 『강한 여자의 낭만적 딜레마』, 벨 훅스의 『남자다움이 만드는 이상한 거리감』, 제임스 홀리스의 『남자로 산다는 것』 같은 책을 읽다 보면 무릎을 치며 공감할 부분이 꽤 있다. 제도교육을 통과한 우리는 남성성과 여성성을, 사회적 역할을 기능적으로 수행할 때만 부분적으로 꺼내 쓰도록 키워진 것은 아닐까? 자신의 삶에서 정작 필요한 순간에는 남자로서도 여자로서도 서지 못한 채 뒤죽박죽이 되곤 한다. 연인과 갈등을 빚을 때나 결혼생활에 위기가 왔을 때, 이런 모순은 무질서하게 악화일로로 치닫는다.

『왕, 전사, 마법사, 연인』에서도 일그러진 '그림자'의 부작용이 남성만의 문제가 아니라는 점을 일깨운다. 여성도 남성도 여기 등장하는 그림자의 모순이 자기 안에서 실제로 벌어지는 괴리와 단절임을 발견하고 경악을 금치 못한다. 발견한 이상, 그냥 넘기지 말고 원인을 향해 거슬러 올라가려는 시도라도 해야 한다. 인류의 기원까지 헤아려 고찰해보겠다는 각오가 필요할 수도 있겠지만, 그만큼 인식의 지평을 넓힐 수 있는 공부의 기회가 아닌가!

나 자신의 원래 모습부터 하나의 일관성으로 수습해내야 한다. 타고난 성별이 나의 첫 정체성이다. 이것이 방향 잡기의 첫 번째 지침이다. 자칫하면 우리는 남자도 여자도 아닌 돈 버는 기계로 전락할 위험성을 안고 있다. 여자가 바뀌어야 남자도 자신을 바로잡을 기회를 얻게 될지 모른다. 인류의 오래된 거울이 주는 지혜로는 그렇다.

『결혼에 관한 7가지 거짓말』에서 존. W. 제이콥스는 꼼꼼한 사례 분석을 통해 현대인이 믿는 결혼에 대한 군건한 '거짓'과 '진실'을 조목조목 들춘다. 특히 5장 '평등한 결혼' 부분이 놀라움을 준다.

거짓: 평등한 결혼이 전통적인 결혼보다 더 쉽다.
진실: 평등한 결혼에서의 협상이 더 어려운 경우가 많다.

내용은 짐작대로다. 우리가 일상에서 늘 겪는 사소해 보이지만 아주 중요한 일의 처리과정과 책임한도에 대한 끝나지 않을 협상과 협상 실패와 전쟁의 과정이 상세히 이어진다. '결혼은 할 일 목록표가 아니다'라는 소제목도 등장한다. 진절머리 날 정도로 현실적이지만, 우리가 비이성적이거나 치졸해서 이런 문제로 줄기차게 싸우는 것이 아님을 알려준다. '평등'을 둘러싼 개념 정리에는 보다 근원적이고 지혜로운 통찰이 필요해 보인다.

다툼에는 이유가 있고 따라서 해결책도 있다. '유산'이라는 장의 마지막 문단은 독자에게 용기를 북돋운다.

현재의 삶에 과거가 어떻게 간섭하고 있는지 당신이 올바로 평가할 수 있다면, 그 부정적인 패턴을 고치도록 노력할 수 있을 것이다.

그 모든 어려움과 모순에도 불구하고, 이렇게까지 판이한 남자와 여자가 서로의 인생에 스며들고 얽히게 되는 접착제는 사랑뿐이다. 사랑한다는 이유가 아니고는, 남녀가 한 공간에서 한 집에서 살 결심을 하는 일조차 드물 것이다. 우리는 여전히 사랑에 대해 더 많이 알고 배워야 한다. 왜냐하면 사랑만큼 자신의 가장 깊은 곳까지를 들여다보게 하는 계기가 많지 않기 때문이다.

아주 오랜 시간이 지나서야 알게 된 사실이지만, '부부는 물처럼 같은 수위(水位)를 찾아가기 마련'이라는 말이 있다. 배우자가 미성숙하다고 느낀다면, 적어도 결혼할 당시의 나 또한 같은 수위였다는 뜻이다. 그렇지 않았다면 만나서 함께할 수 없었을 테니까. 우리는 나 자신을 성숙시켜야 할 책임이 있는 동시에, 상대방의 성숙을 힘껏 도와야 한다. 그러나 만일 어느 순간 우리의 '수위'가 벌어진다면 같이 갈 수 없는 게 또한 자연의 이치다.

사랑은 우리 자신을 알게 하는 동시에 아주 다양한 면모를 지닌 채 끝없이 관계에서 오는 과제를 풀게 한다는 점에서 매혹적이다. 아무리 힘겨운 난제라도 기꺼이 풀어가게 하는 불가사의한 관계가 사랑 말고 또 있을까. 영화 〈마미〉에서 스티브가 했던 대사가 떠오른다. "우리가 제일 잘하는 게 사랑이잖아."

3. 불시착

사랑은 느닷없이 찾아들기도 한다. 기다린 것도 기대한 것도 아니었는데 홀연히 깃든다.

2019년 인기를 모았던 드라마 〈사랑의 불시착〉은 이 과정을 적절하고도 절절하게 보여준 작품이다. 어느 날 돌풍과 함께 패러글라이딩 사고로 북한에 불시착한 재벌 상속녀 윤세리와 그녀를 숨기고 지키다 사랑하게 되는 특급 장교 리정혁의 절대 극비 러브스토리를 그렸다. 세계 유일의 분단국가인 우리나라 상황이 운명적인 사랑 이야기의 날줄과 씨줄이 되어 팽팽하게 긴장감을 주었다. 사랑의 시작이 어이없는 불시착과 우연인 듯 필연 같은 얽힘으로 점점 복잡해져가고, 그럼에도 사랑만이 모든 어려움을 풀어나갈 힘을 준다는 것을 남북 대치 상황 속에 절묘하게 녹여낸 드라마다.

인도 영화 〈런치박스〉 속에도 언급되는 "때로는 잘못 탄 기차가 목적지에 데려다준다"는 말을 진심으로 믿게 되는 마법의 스토리텔링이다. 〈런치박스〉는 잘못 배달될 확률이 천문학적일 정도로 희박한 뭄바이의 도시락 배달사업 '다바왈라'의 정확도를 뚫고, 잘못 배달된 도시락 편지로 인해 만나게 되는 남녀의 이야기다.

실제로 사랑이 불시착에서 연유한다는 점을 굳이 강조하기 위해 수많은 작품이 자동차, 기차, 배, 비행기 등등 온갖 수단을 불시착시킨다. 만날 일 없던 두 사람이 외딴곳에서 한동안 어쩔 수 없이 시간을 보내야 하는 설정을 통해 감정이 무르익게 하는 것이다. 사랑에 대한 고전인 영화 〈러브 어페어〉 또한 이렇게 시작된다. 사랑이 교통사고처럼 찾아왔다는 관용적 표현도 이미 일상어로 자리 잡았다.

4. 혼란

모든 사랑은 혼란을 동반한다. 어쩌면 혼란이 본질 같다. 기존의 모든 것이 한꺼번에 무너져 내렸지만 이 속수무책이 지속하기를 바라는 말도 안 되는 상황이기도 하다.

드라마 〈봄밤〉에서 "봄바람처럼 알 수 없는 이끌림과 묘한 떨림"으로 사랑에 빠진 정인과 지호는 사랑이 깊어질수록 일상과 주변 전체가 흔들리는 혼란에 처한다. 영화 〈사랑할 땐 누구나 최악이 된다〉에서 의학도 율리에는 사랑에 빠져 허우적거리다 "내 삶에서 조연 역할을 하는 것 같아…"라는 한탄까지 내뱉는다. 어떤 사랑 이야기도 따지고 보면 혼란의 절차를 보여주는 과정이다. 영화 〈은교〉에서 시인 이적요는 평생 쌓아올린 찬란한 문학의 금자탑을 제 손으로 남김없이 무너뜨린다. 본인이 아니고서는 그 정도까지 파괴시킬 수 없기에, 그는 살아 있지만 마른 고목나무 둥치처럼 되어버리고 만다.

드라마 〈내 연애의 모든 것〉은 정치적 신념도 다르고 소속 정당도 다른 남녀 국회의원의 비밀 연애를 그린 로맨틱 코미디다. 절대 사랑에 빠질 리 없을 것 같은 김수영 의원과 노민영 의원이 속수무책의 연애를 시작하면서, 엎치락뒤치락 국회가 뒤집히고

온 세상이 바뀌는 '전복'이 발생한다. 주제곡 제목만 〈평범한 사랑〉인 요란하기 그지없는 사랑으로 인해 김수영은 완전히 다른 사람이 된다.

드라마 〈인간실격〉의 부정과 강재는 그 만남을 계기로 "아무 것도 되지 못한" 자신을 비로소 확인하고 직시하고 용서하지 못해 쩔쩔매면서 한없이 헤맨다. 처절한 자괴감과 처연한 설렘을 동시에 가져다주는 감정의 소용돌이가 이제껏 걸어온 행로를 뒤엎어버린다. 영화 〈헤어질 결심〉에서 불시에 '살인사건'으로 만난 형사인 남자와 용의자인 여자는, 사랑을 느끼는 모든 과정이 그야말로 혼란과 더 큰 혼란으로 뒤덮여가는 감당할 수 없는 '붕괴'를 온몸으로 맞닥뜨리게 된다.

에나 렘키의 『도파민네이션』에서는 현대인이 얼마나 이 혼란을 싫어하며 역으로 자신을 혼자 두지 않으려고 각종 중독에 미친 듯이 몰두하는지를 매우 소상히 보여준다.

사방에서 도파민이 넘쳐난다. 그래서 우리는 즉각적인 만족에 길들여져 있다.

우리가 뭔가를 알고 싶으면, 곧바로 화면에 답이 나타난다. 결국 우리는 무언가를 곰곰이 생각해서 알아내거나, 답을 찾는 동안 좌절하거나, 자신이 바라는 걸 기다려야 하는 습관을 잃고 있다.

우리는 모두 고통으로부터 도망치려 한다. … 우리는 자신으로부터 관심을 돌리기 위해 거의 뭐든지 하려 든다.

저자는 왜 우리가 전에 없던 부와 자유를 누리고 기술적 진보, 의학적 진보와 함께 살아가면서도 과거보다 불행하고 고통스러워하는지를 묻는다. 결론은 가슴이 아프다 못해 미어지게 만든다. "우리가 모두 너무나 비참한 이유는, 비참함을 피하려고 너무 열심히 노력하기 때문이다."

개봉 당시에는 파격이라는 말로밖에 표현할 수 없었던 루이 말 감독의 영화 〈데미지〉는 무시무시한 파괴과정을 숨도 못 쉬게 몰아붙인다. 고요한 폐허와도 같은 말미에, 주인공 제레미의 담담한 내레이션이 흐른다. 우리가 먼지 한 톨처럼 붕괴될지언정 간절히 마주하고 싶어 하다못해 인위적 방법으로라도 갖고자 하는 그 강렬함에 대한 통찰이다. 적어도 이 감정은 '진짜'의 소산이기에 그러하다.

"우리가 사랑에 굴복하는 건 우리가 알 수 없는 뭔가를 느끼게 해주기 때문이다."

5. 그 한순간

영화 〈봄날은 간다〉에서 은수는 종이에 손을 베자, 반사적으로 팔을 천정으로 들어 올리며 흔든다. 이윽고 이 방법을 가르쳐준 사람이 헤어진 상우임을 깨닫는다. 나에게 어떤 새로운 습성을 들이게 해준 사람. 그와 헤어졌어도 버릇은 내 몸에 남아있다는 게 마치 어두운 복도에 센서등이 불현듯 켜지듯이 마음에 반짝 불을 켠다.

은수는 한 번 더 상우를 만나러 서울에 간다. 그에게 받았던 사랑에 대한 뭉클한 감정이 문득 총체적으로 되살아났기 때문이다.

우리가 통과한 순간이 사랑이었다는 조용하지만 확고한 확신은 그렇게 불시에 찾아든다. 때로는 돌이킬 수 없게 때늦어버린 깨달음일지라도, 이 '센서등'이 켜짐으로써 자신이 지나온 시간이 결코 조각조각 분열된 것이 아니었음에 안도하는 것이다.

드라마 〈내 이름은 김삼순〉은 '희진'과 '삼순'이라는 두 개의 이름 사이에서 헤매던 삼순의 이름 되찾기와 정체성 찾기의 과정이 짝 찾기로 이어지는 치열한 성장기다. 이 과정은 따로 분리된 것이 아니고 하나로 유기적으로 연결돼 있었다.

드라마 〈멜로가 체질〉에서 연인의 죽음을 받아들이지 못하던 은정이, 받은 사랑에 감사하며 그를 저세상으로 보내줄 힘을 내는 운명의 그날도 예고 없이 갑자기 찾아든다. 진심으로 고마워하고 진심으로 슬퍼하면서도 그의 환영은 놓아주고, 이제 곁의 친구들을 부둥켜안는다. 앞으로 한 발 더 나아갈 힘은 그렇게 순간이나마 '온전함'의 기억 전체를 맛보았을 때 가능해진다.

6. 균형과 확장

드라마 〈미스터 션샤인〉에서 유진은 총상을 입으면 언제나 묵묵히 스스로 총알을 빼내고 혼자 힘으로 붕대를 감아 지혈을 하며 자가 치료를 한다. 스스로를 치료할 수 있는 사람이 가장 강한 사람임을 보여주는 인상적인 장면이었다. 저런 극단적인 상황에서조차 사람은 자기 자신을 돌볼 수 있으며, 쉽게 쓰러지지 않는다는 듯한 말없는 장면이다. 유진이 어떤 사람인지 자연스레 일러준다.

기우뚱하다가도 스스로 잠시 멈춰서 다시 균형을 잡는 일은 중심의 단단함과 맞닿아 있다. 균형감각이 깨지면 어떤 일도 진행

190
결혼진술서

되지 않는다. 유진은 매사에 그것을 알고 실천한다.

드라마 〈나의 해방일지〉에 많은 이들이 감정이입하고 '추앙'에 가까운 찬사를 보낸 것도, 인물들이 스스로의 껍데기를 힘겹게 깨고 나오는 과정에 공감해서일 것이다. '해방'이라는 이름을 달았지만, 한쪽으로만 심하게 기울고 쪼그라들었던 자신을 다독이고 펴서 어떻게든 균형을 되찾으려는 눈물겨운 노력이었다. 어떤 의미에서는 재활과정이나 다름없어 보일 정도로 힘겨운 사투를 벌여야 했다. 그것을 알기에 시청자들도 열렬히 응원했을 것이다. 균형으로 가는 멀고 험한 과정의 첫 시작이 나를 향한 누군가의 시선과 관심이었다는 점에서도 의미심장하다.

드라마 〈동백꽃 필 무렵〉은 "편견에 갇힌 맹수 동백을 깨우는, 촌므파탈 황용식이의 폭격형 로맨스"인 동시에 생활밀착형 치정 로맨스를 표방했다. 다정함이 사람을 살린다는 것을 끝내 밀고나간다. 모든 운이 나를 비껴가고 모든 불운은 풍랑처럼 몰려든다 싶을 때가, 동백의 꿋꿋함과 용식의 따뜻함이 보란 듯이 힘을 발휘할 때였다. "모래밭 위 사과나무" 같기만 하던 내 인생을 단단히 뿌리내리게 해주는 사랑의 힘을 믿고 싶어지게 만든다.

신작 〈양자경의 더 모든 날 모든 순간〉은 양자경의 액션 코미디 활극을 거의 무한대의 상상력으로 바꿔버렸다. 미국에 이민와 힘겹게 세탁소를 운영하던 에블린은 세무당국의 조사에 시달리던 어느 날 남편의 이혼 요구와 삐딱하게 구는 딸로 인해 대혼란에 빠진다. 그 순간 에블린은 멀티버스 안에서 수천 수만의 자신이 세상을 살아간다는 사실을 알게 되고, 그 모든 능력을 빌려와 위기의 세상과 가족을 구해야 하는 운명에 처한다. 줄거리만 봐도 여태 보도 듣도 못한 황당한 SF 같다. 하지만 한편으로 뜯어보면, 과장과 비유가 심해도 한 사람이 제 가족만 알고 살다가 세상을 위한 삶으로 대전환을 이루는 과정을 극적으로 묘사했다고 봐도 무방하다. 이 모든 우주적이고 웅장한 인류 구원의 서사를 시작하게 되는 계기가 남편의 이혼 신청서였다. 기발하고 유쾌한 상상이다. 집 밖으로 나가려면 인류와 세계를 구원하겠다는 원대한 포부쯤은 품어야 한다?!

드라마 〈월수금화목토〉에는 13년간 열두 번의 이혼을 비즈니스로 완수한 '계약 결혼 마스터' 상은이 등장한다. 비혼의 삶을 위해 인생의 한때 그녀의 도움이 필요했던 남자들이 고객이다. 2008년 개봉한 영화 〈아내가 결혼했다〉에서 한 명의 아내를 두 남편이 '공평하게' 나눈다는 설정에서 더 복잡해졌다. 다만 2008년의 영화와 달리 2022년의 이 드라마는 결국 한 사람과의 '독점적 관계'로 수렴되는 로맨스의 진지함을 추구한다. 확장의 기회와 자유가 과연 우리를 행복하게 만들어주었는가를 주인공들도 치열하게 고민한 결과물이다.

이 정도 상상력쯤은 되어야 '확장'이라고 말할 수 있는 것은 아니다. 기존의 내 틀로부터 한 발짝만 내딛어도 그것은 어마어마한 진전이다. 생활 속에서 실천할 수 있는 간단한 자기확장의 가장 좋은 방법은 봉사다. 그것도 웬만하면 몸을 써서 하는 봉사활동이다. 이왕 중독되려면 봉사 점수 쌓기에 중독되는 건 어떠랴.

『도파민네이션』에서 저자는 의사이면서 한때는 중독자였던 자신의 경험을 고백한다.

나는 대략 2년간 로맨스 소설을 강박적으로 소비하다가 결국 더 이상 즐길 책을 찾을 수 없는 지경에 이르렀다. 내가 내 소설 읽기의 쾌락 중추를 불태워버려서 아무 책도 이를 되살릴 수 없게 되어버린 것이다. 아이러니하게도 쾌락 자체를 좇는 쾌락주의가 그 어떤 쾌락도 느끼지 못하는 쾌락 불감증에 걸리게 한 셈이었다.

어떤 책을 읽어도 쾌락은커녕 오히려 비참한 기분에 빠지는 전형적인 중독의 부작용을 겪고 난 이후, 저자는 해결책을 모색했다. 전자책 단말기를 버리고, 그렇게 해서야 끝없이 줄을 잇는 다

운로드용 성애물에서 벗어날 수 있었다고 한다. "도서관이나 서점에 가야 하는 사소한 불편이 나와 중독 대상 사이에 꽤 쓸모 있는 장애물이 되었던 것이다."

이 책을 읽으며 내가 뜻밖의 충격을 받은 지점은 따로 있다. 나는 아마도 중독에 따른 쾌락과 고통 혹은 불쾌의 저울을 끝장내는 방법으로, 본인의 '중독' 지점이나 상태를 들여다보는 방식을 택하는 대신 가장 손쉬운 결론을 이끌어낸 듯싶다. 그것은 결혼하면 모든 게 평형을 맞추게 될 거라는 막연하면서도 확고한 맹신이었다. 심지어 배우자 될 사람과 같은 의견을 공유한 것도 아니고, 일방적인 나의 고집에 가까웠다. 부인할 수 없는 사실이다. 균형감각을 되찾아야 한다는 절박함은 있었지만 쉽사리 결과를 얻어내고 싶어 했던 것만 봐도 신중하지 못했다.

심리학은 인간의 거짓말에 대해 연구하는 학문이라고까지 한 P. D. 우스펜스키는 『인간 진화의 심리학』에서 수면 상태에서 깨어나 성장하라고 끊임없는 각성을 요구한다.

… 어떤 사람의 존재에 드러나는 모순과 불일치가 크면 클수록 그 사람이 더욱 흥미롭고 재기 넘치는 존재일 수 있다고 믿는다. … 합리적이지 않으면서도 동시에 위대한 과학자나 철학자, 예술가가 될

수 있다고 여겨지곤 한다. 당연히 그런 일은 불가능하다.

일관되지 못하거나 왜곡된 마음으로는 어떤 사람도 성치 않으며 그게 어떤 분야든 성취는 불가능하다는 뜻이다. 비유하자면 "결핵을 앓으면서 뛰어난 육상선수나 프로 권투선수가 될 수 없는 것과 똑같다"는 설명이 뒤따른다. 온전해지기 위해 우리는 계속 노력해야 하며, 자기 자신에 대해서도 이미 잘 안다거나 이미 어떤 것을 가졌다고 여기는 '착각'을 내려놓고 겸손해져야 한다는 뜻이다.

이미 길은 떠났고, 앞에 놓인 수많은 터널을 지나 목적지로 가야 한다면 적어도 이 하나는 다짐해야 한다. 재활의 기쁨을 아는 자로 살아가기. 그 소소한 즐거움을 유지하기. 나를 어떻게든 바로잡기 위해 할 수 있는 노력은 다 기울이겠다고 마음먹어야 한다. 몸과 마음이 조화를 이룰 때의 기쁨이 세상 무엇과도 바꿀 수 없는 진짜 만족감이라는 사실을 기억해야 한다. 관계의 출발점은 언제나 나 자신을 바로 아는 데서부터다.

4_ 이제야 돌아보는 결혼의 진실

살지 못한 삶 그리고 남겨진 시

내가 아직 나였을 때

김혜원

내가 아직 나였을 때
사랑의 말들은 달았다

하늘과 땅이 열두 시간마다
몸을 바꾸는 찰나처럼
당신은 한때 나를 온통
물들인 적 있었다

허나 그뿐,

파도가 한 절벽과 영원을 약속할 수 없듯이

당신이 나라고 여긴 껍데기는
이미 오래전
자웅동체였던 시절의 태반
그 위족(僞足)에 지나지 않았으므로

다만, 나는 나를 견딜 수 없었네

검은 머리 파뿌리 되는
형질변화의 시간이면
지구도 억겁 번 제 허물을 벗고
우주에는 절명한 순한 것들의 시체가
검은 은하수를 이루리

피터팬의 뜯겨진 그림자였던
나의 당신,

당신이 나를

사랑했든 사랑하지 않았든

미안해하지 말라

돌아보지 말라

그 시절 외롭지 않았으면 됐다

다 잊어야

별이 뜬다

별빛에도 가시가 있으니 부디

공기 사이로 가벼이

나를 보내다오

偕老, 불능

해로란

서로에게 잔인한 시절을 견뎠다는 뜻이야

눈물부터 천천히 석화(石化)되어 마침내

두 다리가 서로의 반경 안에서

돌이 됐다는 뜻이야

오래전 굳어진 심장의 겉 표면은
제가 흘리는 피에도 적셔지지 않아
그 내상(內傷)마저
딱딱하게 굳은 거야

돌아보면 돌부처가 된다는
소돔의 소금기둥 두려워
제 속에 피돌기가 모두
소금으로 말라붙을 때까지

속창시를 염전마냥
볕에 널고 사는 게지

어미가 참고 갔던 그
작두 끝에
말라붙은 피

아름다운 이름 하나로 마감하기엔

이 생(生)에서 살 허구헌 날들이

너무 길어보였습니다, 어머니.

이혼소송이 한창이던 무렵, 우연히 극장에서 이창동 감독의 영화 〈시〉를 보았다. 제대로 살지 못해 제대로 된 시를 쓰지 못한다며 깊이 괴로워하던 주인공 미자가 오래도록 기억에 남았다. 돌아오는 길에 아주 오랜만에 나도 모르게 시가 쓰고 싶어졌다. 그 뜨겁고도 서늘했던 여름의 끝자락에서 한 줄씩 이어붙여 완성했던 시를 여기에 싣는다.

얼마 전 『내 그림자에게 말 걸기』와 『융의 영혼의 지도』를 읽고 나서야 그때 '나'에 대한 개념에 중대한 전환이 왔음을 깨달았다. 보는 눈과 듣는 귀가 달라져가고 있었다. 그때의 내가 새삼 처연하면서도 기특하다. 살려고 얼마나 애썼는지 나는 잊었지만 시가 남았다.

융 심리학 해석자 로버트 존슨과 제리 룰이 쓴 『내 그림자에게 말 걸기』에는 '살지 못한 삶(unlived life)'이라는 중요한 개념이 나온다. 서른다섯부터 쉰 살까지 시기는 어릴 적 특성이 되살아나는 매우 중요한 생애 전환기라고 한다. 그간 소중히 지켜온

결혼진술서

신념들에 갑자기 회의가 밀려오면서 무의식 속에 묻어둔 그림자의 에너지가 얼마나 강력한지를 새삼 깨닫게 된다. 진정으로 원하던 삶의 방향과 대면하고 무의식을 의식 차원으로 데리고 나와 물꼬를 터주는 것만이 힘겨워도 유일한 해법이라고 한다.

'살지 못한 삶'이란 무엇인가?
거기엔 이제껏 경험으로 적절히 녹아들지 못한 우리의 본질적인 측면이 모두 담겨 있다. '살지 못한 삶'은 우리 뒤통수에 대고 희미하게나마 끊임없이 불평을 늘어놓는다.

책을 꼼꼼히 읽으며 위로와 동시에 강한 책임감을 느꼈다. 나의 살지 못한 삶, 제대로 살아내지 못한 삶에 관하여 진지하게 성찰했다. 그중 하나가 진정한 작가로서 삶임을 깨달았고, 그리하여 지금 나는 이 책을 쓰는 일에 전심전력하는 중이다.

살고 싶은 삶이 여전히 있다면

"결혼하는 종족은 따로 있다"

어쩌면 인류의 긴 고민을 끝내는 매정한 한 줄일 수도 있다.

'20년간 리서치를 통해 밝혀낸 결혼에 관한 남자들의 리얼 심리 보고서'라는 설명을 단 『남자들이 결혼하는 여자는 따로 있다』의 핵심 요약이다. 저자 존 T. 몰로이는 어떻게 이런 단언에 이르게 되었는지를 20여 년에 걸친 연구과정을 일일이 설명하는 것으로 대신한다. 이 말이 맞는지도 모르겠다. 애초에 결혼 생각이 없는 사람과 법률혼에까지 이르렀다한들 이혼법정에 서는 일은 시간문제다. 정작 놓친 것은 '헤어질 타이밍'이었고 무수한 고민은 다 엇나간 화살이었을지도 모른다. 고작 그거였나, 참담할 정도로 짧은 결론을 부정하고 싶지만 다수가 수긍한다는 점에서 무시할 수 없는 진실이다.

다시는 놓치지 않으리

우리는 때로 '너무 행복하면' 나를 놓고 주위 흐름에 내맡기고 따라가도 될 거라고 여기곤 한다. 뼈아픈 착각이다. 행복의 순간은 짧다. 자신을 잃어버린 이후에는 나머지 긴 시간을 대체 무엇으로 지탱할 텐가? 인생은 생각보다는 길다. 참고 살기에는 특히 더더욱 길다.

위기에 몰릴 때마다 슬금슬금 자신을 놓치며 자신의 일부를 죽이며 살아왔던 수많은 시간의 더께가 눈덩이가 되어 낭떠러지 끝으로 나를 밀어댈 때가 있다. 비록 추락하게 되고 부상을 입을지라도 완전히 망가지지만 않으면 된다. 그간 자신이 돌보고 간병하고 되살려온 어떤 존재(그게 무엇이든)에게 자신이 헌신한 만큼의 에너지를 스스로에게 쏟기만 한다면 소생할 수 있다.

이후 아무리 행복해도 아무리 불행해도, 다시는 나 자신을 놓치지 않으면 된다.

그간 본의 아니게 주변 이웃에게 일상을 거짓으로 둘러대야 했던 것에 대한 미안함이 늘 있었다. 아이들이 어릴 땐 보호가 우선이라는 생각에 어쩔 수 없이 우리 집 환경을 터놓고 얘기하지 못했다. 그런 10여 년이 모두 마음의 빚이다. 다행히 아이들은 잘

컸지만 내가 취한 이 '둘러대기'가 과연 잘한 것인지는 모르겠다. 많은 분의 사랑 어린 관심과 적당한 무관심 덕택에 아이들을 이만큼 키웠다. 알고도 속아주고 모르고도 넘어가준 소중한 이웃과 벗들에게 말로 다 못할 고마움을 전한다. 부모님과 형제들에게 늘 받기만 하고 살아온 나날이 참으로 길었다. 가족과 친지들, 내 피붙이들의 물심양면의 지원과 사랑이 없었다면 하루도 버틸 수 없었을 것이다.

오랫동안 적어온 수많은 메모를 이어붙이는 작업으로 시작한 책 쓰기였다. 날짜도 제각기 다른 메모는 이어놔도 생각처럼 잘 붙지 않았다. 메모란 어쩌면 뼈대만 있는 묘사였고, 게다가 쓸 때의 감정들은 이미 휘발되어 지금의 나에게는 문장 몇 줄로 남았을 뿐이었다. 어떤 감정에 시달리며 썼는지 행간으로는 추측되지 않는 메모도 많아, 글은 뚝뚝 끊어졌다.

고민의 한가운데서, 전에도 이런 일이 있었던 게 떠올랐다. 달력과 다이어리의 메모 조각을 모아 붙여 긴 글로 잇고 하나의 이야기처럼 다듬던 시절은 결혼진술서를 쓰던 그때였다. 이런 작업은 의외로 작업의 고단함은 잊히고 결과만 글자로 남는 듯해 신기하기도 했다. 아무리 무겁게 짓누르던 어떤 것도 언젠가는 추억으로 남는다는 다행스러운 암시 같다. 감정의 덩어리도 얼마든지 해체하고 다시 조립할 수 있다.

감정을 해체하는 가장 좋은 방법은 글쓰기다.

정말 아무 문장도 머릿속에서 구성되지 않는다면, 읽다가 마음에 드는 책을 펼쳐놓고 눈에 띄는 문장을 그대로 옮겨 적기 바란다. 손으로 필사해도 좋고 컴퓨터에 입력해도 좋다. 손을 푸는 일은 중요하다. 나도 이 원고에 돌입하기 전에 그랬다. 도서관 서가에서 발견한 극작가 이강백 대담집 『이야기가 사람을 만들고 사람이 이야기를 만든다』의 문장들을 컴퓨터로 입력했다. 눈으로 읽을 때와는 다른 손으로 읽기의 묘미는 단어 하나하나가 세밀히 보인다는 점이다. 머리가 멍할 때는 손이 사고하고 문장을 저장하게 하는 방식도 알아두면 유익하다.

살고 싶던 삶을 일상으로

이른 봄에 시작해 여름과 가을을 지나는 동안 몇 번이고 원고를 고쳤다. 이혼재판에 도움이 될 간단한 실용서를 써보겠다는 겁 없는 도전이 출발점이었다. 건조체의 단순한 책을 내려던 것이 점차 살이 붙고 이야깃거리가 추가되면서, 담고 싶은 것은 많은데 정작 정리가 안 되는 혼란이 찾아왔다. 네이딘 버크 해리스의 『불행은 어떻게 질병으로 이어지는가』에서 단번에 나를 잡아끈 문장이 있었다.

"내가 놓치고 있는 게 대체 뭐지?"

에필로그를 다시 쓰면서 수없이 이 질문을 던져보았다. 오래된 생각의 틀은 문제가 있음을 감지하더라도 구체적으로 짚기는 어려운 법이라, 또 여지없이 나는 헤맬 수밖에 없었다. 헤매는 과정에서 본 동영상 중 하나가 TV 휴먼다큐멘터리 〈사랑〉 시리즈의 〈너는 내 운명〉이다. 책의 말미를 고쳐 쓰면서는 〈고마워요 내 사랑〉도 다시 보게 되었다. 말기암 투병 중인 아내와의 마지막 시간을 극진함으로 채운 두 남편이 전 국민을 울린 화제의 영상이다. 여전히 가슴을 후벼 파는 건 등장하는 이들의 눈빛이었다.

죽어도 해로를 하겠다는 맹세의 주인공들과, 아무것도 믿지 말라며 냉정을 요구하는 내 원고는 극단적으로 달라 보이지만 그럼에도 어쩐지 통하는 점이 있을 것만 같았다. 그래서 한동안 만감이 교차하고 마구 충돌하도록 내버려 두는 수밖에 없었다.

어쩌면 수많은 과학적 근거와 논리와 자료조사가 무색하게도, 우리들의 결혼사유 1위는 '적당해서'일지 모른다. 적당히 알맞아 보여서, 적당한 나이에 만났기에, 그 '적당히'와 어정쩡하게 타협한 결과로 평안하고 여유로운 일상이 내내 이어질 줄로 여긴다. 관계에 '적당히'란 없으며, 속단과 실상의 간극을 한 치도 좁힐 수 없었다는 게 함정일 뿐이다. 서로에게 지고지순해 본 이들만이 이 간극을 단 1밀리미터라도 좁혀보았노라고 말할 수 있다.

살아 있는 한 우리는 어딘가에 최선을 다하게끔 돼 있다. 목표를 이루기 위해, 실의에서 빠져나오기 위해, 지금의 그 자리를 유지하기 위해서라도 있는 힘을 다한다. 하다못해 SNS라도 몰두하지 않으면 못 견딘다. 최선을 다했노라는 최소한의 변명을 위해서라도 하는 데까지 해본다. 때로는 열심히 한다는 행위 자체에 지나치게 안심해버리는 착오도 저지른다.

관계야말로 수시로 최선을 요구받는 대표적인 분야다. 별 마찰 없이 쉽게 결혼했으나 헤어지는 일에는 온 에너지와 한평생을 바쳐야 하는 부조리한 관계도 있다. 무거운 질문들이 남는다. 사는 동안 무엇에 에너지를 바치고 정성을 쏟을 텐가?

헤어지는 데 전력을 다할 것인가?

사랑하는 데 전력을 다할 것인가?

아마도 '살지 못한 삶'을 살고 싶은 삶으로 전환하고 밀고 나가는 힘은 방향을 제대로 잡는 데서 오는 듯하다. 살고 싶은 삶이 있기에 우리는 쓰러져도 다시 일어날 수 있다고 믿는다.

89년 전 이혼 고백장을 내놓은 조선 여인의 질문은 지금도 여전히 첨예한 미완의 화두다. 제도는 개선되어 가고 있으나 인간의 감정체계나 관성은 100년 전과 별반 다르지 않음도 보게 된다. 이혼은 아무리 잘 마무리된다 쳐도 마음을 다치고 커다란 상흔을 안고 살아가게 한다. 상흔조차 삶의 무늬로 받아들인다는 것은 말이 쉽지 참으로 요원한 과제다. 다만 100년 후의 우리는 도처에 도움 받을 요소들이 많으니 이 또한 감사할 일이다.

14년 전에는 살아야 할 이유를 필사적으로 찾던 내가, 지금은 살고 싶은 삶을 그려가고 있다. 이만하면 단단한 희망이라고 여긴다. 그 단단한 희망을 독자 여러분과 함께 나누어 품고 싶다.

자, 이제 두 손을 가지런히 모으고 당신의 첫 줄을 쓸 차례다.

2023년 해오름달
김원

책

이상란 · 박상준 편, 『이야기가 사람을 만들고 사람이 이야기를 만든다: 극작가 이강백의 삶과 작품』(평민사, 2021).

P. D. 우스펜스키, 정명진 옮김, 『인간 진화의 심리학』(부글북스, 2012).

기타노 유이가, 민혜진 옮김, 『나를 죽이는 건 언제나 나였다』(동양북스, 2022).

나혜석, 「이혼 고백장」, 「이혼 고백서 續」, 《삼천리》, 1934년 8·9월.

네이딘 버크 해리스, 정지인 옮김, 『불행은 어떻게 질병으로 이어지는가 (The Deepest Well)』(심심, 2019).

라이언 홀리데이, 이경식 옮김, 『에고라는 적』(흐름출판, 2017).

레프 니콜라예비치 톨스토이, 윤새라 옮김, 『안나 카레니나』, 펭귄클래식코리아(웅진, 2011).

로라 판 더누트 립스키, 문희경 옮김, 『사실은, 많이 지쳐 있습니다』(더퀘스트, 2020).

로버트 무어 · 더글라스 질레트, 이선화 옮김, 『왕, 전사, 마법사, 연인(King, Warrior, Magician, Lover)』(파람북, 2021).

로버트 존슨 · 제리 룰, 신선해 옮김, 『내 그림자에게 말 걸기』(가나출판사, 2020).

마리 파신스키 · 조디 굴드, 곽윤정 옮김, 『당신이 놓치고 있는 7가지 외모의 비밀』(알키, 2011).

마야 스토르히, 장혜경 옮김, 『강한 여자의 낭만적 딜레마』(푸른숲, 2003).

머레이 스타인, 김창한 옮김, 『융의 영혼의 지도』(문예출판사, 2015).

멜로디 비에티, 김혜선 옮김, 『공동의존자 더 이상은 없다(Codependent No More)』(학지사, 2013).

미스다 마리, 권남희 옮김, 『여자라는 생물』(이봄, 2014).

배빗 콜, 고정아 옮김, 『따로 따로 행복하게(Two of Everything)』(보림, 2001).

벨 훅스, 이순영 옮김, 『남자다움이 만드는 이상한 거리감』(책담, 2017).

알렉산드라 블레이어, 한윤진 옮김, 『결혼의 문화사』(재승출판, 2017).

애나 렘키, 김두완 옮김, 『도파민네이션』(흐름출판, 2022).

야마다 마사히로, 장화경 옮김, 『우리가 알던 가족의 종말: 오늘날 일본가족의 재구조화』(그린비, 2010).

와타나베 준이치, 정세영 옮김, 『나는 둔감하게 살기로 했다』(다산초당, 2022).

은희경, 『새의 선물』(문학동네, 1995).

임성선, 『결혼의 심리학 이혼의 심리학』(아름다운사람들, 2009).

저드슨 브루어, 김태훈 옮김, 『불안이라는 중독(Unwinding Anxiety)』(김영사, 2021).

저오바오쑹, 최지희 옮김, 『어린왕자의 눈』(블랙피쉬, 2018).

제임스 홀리스, 김현철 옮김, 『남자로 산다는 것』(더퀘스트, 2019).

존 T. 몰로이, 노진선 옮김, 『남자들이 결혼하는 여자는 따로 있다』(넥서스, 2005).

존 제이콥스, 김명식 옮김, 『결혼에 관한 7가지 거짓말(All You Need Is Love And Other Lies About Marriage: How to Save Your Marriage Before It's Too Late)』(학지사, 2014).

크리스 코트먼 · 해럴드 시니츠키, 곽성혜 옮김, 『불안이라는 자극(Take Control of Your Anxiety: A Drug-Free Approach to Living a Happy, Healthy Life)』(유노북스, 2015).

프리츠 리만, 전영애 옮김, 『불안의 심리(Grundformen Der Angst)』(문예출판사, 2007).

영화

〈결혼이야기(Marriage Story)〉, 노아 바움백 감독, 2019.

〈데미지(Damage)〉, 루이 말 감독, 1994.

〈두 개의 방〉, 리 블레싱 작, 이인수 연출, 노네임시어터컴퍼니, 2016.(연극)

〈러브 어페어(Love Affair)〉, 글렌 고든 카슨 감독, 1994.

〈런치박스(The Lunchbox)〉, 리테쉬 바트라 감독, 2014.

〈마미(Mommy)〉, 자비에 돌란 감독, 2014.

〈봄날은 간다〉, 허진호 감독, 2001.

〈사랑할 땐 누구나 최악이 된다(The Worst Person In The World)〉, 요아킴 트리에 감독, 2022.

〈시〉, 이창동 감독, 2010.

〈아내가 결혼했다〉, 정윤수 감독, 2008.

〈양자경의 더 모든 날 모든 순간(Everything Everywhere All At Once)〉, 다니엘 콴, 다니엘 쉐이너트 감독, 2022.

〈은교〉, 정지우 감독, 2012.

〈헤어질 결심〉, 박찬욱 감독, 2021.

드라마, 방송

〈나의 해방일지〉, 극본 박해영, 연출 김석윤, JTBC, 2022.

〈내 연애의 모든 것〉, 극본 권기영, 연출 손정현, SBS, 2013.

〈내 이름은 김삼순〉, 극본 김도우, 연출 김윤철, MBC, 2005.

〈동백꽃 필 무렵〉, 극본 임상춘, 연출 차상훈, KBS2, 2019.

〈멜로가 체질〉, 극본 이병헌 · 김영영, 연출 이병헌 · 김혜영, JTBC, 2019.

〈미스터 션샤인〉, 극본 김은숙, 연출 이응복, tvN, 2018.

〈봄밤〉, 극본 김은, 연출 안판석, MBC, 2019.

〈사랑의 불시착〉, 극본 박지은, 연출 이정효, tvN, 2019.

〈우리들의 블루스〉, 극본 노희경, 연출 김규태, tvN, 2022.

〈월수금화목토〉, 극본 하구담, 연출 남성우, tvN, 2022.

〈인간실격〉, 극본 김지혜, 연출 허진호 · 박홍수, JTBC, 2021.

다큐멘터리, 예능

〈우리 이혼했어요〉, TV조선, 시즌1은 2020, 시즌2는 2022.

〈휴먼다큐멘터리 사랑: 너는 내 운명〉, MBC(2006.5.3).

〈휴먼다큐멘터리 사랑: 고마워요 내 사랑〉, MBC(2010.6.4).

참고한 콘텐츠

'왜'라는 질문이 중요한 것은 결혼할 때이고
'어떻게'라는 질문이 중요해지는 것은 헤어질 때이다.

누군가와 헤어지려면, 먼저 그동안의 자기 자신과 헤어져야 한다.
자기객관화만이 살길이다.